Kai-Michael Böttcher * Der Birkenwald

Vielen Dank an Nadine für das schöne Titelbild.

Kai-Michael Böttcher

Der Birkenwald

Roman

FSC
www.fsc.org
MIX
Papier aus verantwortungsvollen Quellen
Paper from responsible sources
FSC® C105338

Bibliografische Information der Deutschen Nationalbibliothek:

Die Deutsche Nationalbibliothek verzeichnet diese Publikation in der Deutschen Nationalbibliografie; detaillierte bibliografische Daten sind im Internet über http://dnb.dnb.de abrufbar.

www.der-birkenwald.de

Herstellung und Verlag:

BoD – Books on Demand, Norderstedt

ISBN: 978-3-7386-5265-9

Auflage 2

Eva geht nachdenklich die Straße hinunter. Es war ein trauriger Film, denkt sie, die Bilder aus dem Kino kreisen in ihrem Kopf. Aber war der Film wirklich so traurig? Eigentlich war sie schon vor dem Film so alleine und niedergeschlagen. Der Regen. Warum regnet es immer dann, wenn das Gemüt ohnehin schon grau ist? Ob Dirk jetzt zu Hause ist? Sonst waren sie immer gemeinsam im Kino. Sie haben nach dem Kino geredet oder über den Film gelacht. Oft sind sie verliebt Hand in Hand die Straße entlanggeschlendert. Erst in letzter Zeit bleibt Dirk so oft alleine.

Eva sieht nachdenklich in die Ferne. Ihr Blick zerfließt im Nebel, der aus Regentropfen über der Straße liegt. Die Welt erscheint so unwirklich, wenn auch die Seele von einem Schleier umgeben ist.

„Ob Dirk meinetwegen unglücklich ist?", fragt sie sich. Eva weiß, dass sie Dirk ermutigt hat, seine Arbeit aufzugeben. Der Arbeitsmarkt ist schlecht. Ohne ihr Zutun würde er sicher noch bei Dr. Grothe arbeiten. „Bestimmt wird alles wieder gut, wenn er endlich wieder Arbeit gefunden hat", spricht Eva sich Mut zu.

Unwirklich wie eben im Film gehen die Menschen an Eva vorbei. Fremde Gestalten, Schatten. Ab und zu blitzen Gesichter auf, aber nur kurz und kalt. Eva sehnt sich nach Wärme, nach Geborgenheit. Sie biegt in eine kleine kopfsteingepflasterte Straße ein. Die Bäume der Allee sind in der Dunkelheit zu schwarzen, gespenstischen Riesen geworden. Die Pflastersteine glitzern wie kleine Spiegel. Jetzt geht sie an einem großen Haus vorbei, welches dunkel und versteckt hinter ein paar Bäumen schläft. Es ist die alte Schule, in der Eva so viele Stunden ihres Lebens verbracht hat.

Sie bleibt stehen und denkt plötzlich mit einem so tiefen inneren Schmerz an ihre Schulzeit zurück, wie sie ihn seit Jahren nicht gefühlt hat. Sie geht hier so häufig vorüber, dass sie nicht verstehen kann, warum ihr heute alles so anders erscheint. Ihre Gedanken durchstreifen die Erinnerung früherer Tage. Die Gesetze der Physik musste sie hier lernen. Religion, Mathematik, Sprachen. Sie erinnert die Musik, welche sie mit ihren Freundinnen auf dem Schulhof gehört hat. Sie fragt sich, wo ihre Bilder geblieben sind, die sie im Kunstunterricht gemalt hat. Ist denn alles vergänglich? Sie sollte in dieser Schule die Gesetze der Menschen begreifen, warum haben sie nicht gelernt zu leben? Die Bilder alter Tage huschen durch ihre Sinne, jeden Tag ging sie diesen Weg nach Hause. Damals hatte sie die Wärme und Geborgenheit, die ihr gerade heute so sehr fehlt. Die Vergangenheit erscheint Eva so vollkommen, dass sie sich fragt, warum sie damals nicht erkannt hat, was es für ein großes Geschenk ist, ein liebevolles Zuhause zu haben. Eine Mutter, die immer für sie da war.

Sie geht weiter. Der Regen hat nachgelassen. Sie hat eine Wohnung mit Dirk zusammen, aber ist es ein Zuhause? Jetzt kann sie ihr Küchenfenster sehen, es brennt Licht. „Dirk sitzt jetzt dort oben“, denkt sie. Ihr Gesicht ist nass vom Regen. Sie geht etwas schneller. Vor dem Haus bleibt sie einen Moment lang stehen und sieht nach oben.

„Ach ja“, stöhnt sie leise, „wenn er nur wieder Arbeit hat, dann wird alles besser.“

Ihr Schlüssel dreht sich leise im Schloss, die schwere Haustür knarrt nicht. Sie steigt langsam die Stufen des Treppenhauses bis in den ersten Stock und öffnet die Wohnungstür, Dirk und Eva Friesen steht auf ihrem Namensschild. Sieben Jahre sind sie nun schon verheiratet. Sollte sie ihr Empfinden einfach dem verflixten siebten Jahr zuschreiben?

Sie geht in die Wohnung. Dirk hört mit seinem neuen Kopfhörer Musik. Als er Eva bemerkt, macht er die Augen auf und lächelt. Er macht die Augen wieder zu. Sie setzt sich zu ihm, nimmt seine Hand und malt mit den Fingerspitzen die Linien seiner Hand nach. Die lauten Passagen der Musik hört sie mit.

„Dirk, ich liebe dich“, flüstert sie leise. Er hört es nicht.

Die Schallplatte ist zu Ende. „Hast du schon gegessen?“, fragt er.

„Nein“, sagt sie, „aber ich habe auch keinen Hunger.“

Dirk kommt von seinem Kissen hoch. „Wie war es im Kino?“

Eva fängt an zu weinen, sie umklammert ihn und schluchzt. „Ich weiß auch nicht, was mit mir los ist, Dirk, bitte halte mich fest.“

Er legt seine Arme um sie und streichelt über ihre langen Haare, wie man ein kleines Mädchen streichelt. Ihr Blick hängt an dem Kissen, auf dem eben noch sein Kopf lag. Die Mulde im Kissen, die sein Kopf hinterlassen hat, hebt sich langsam nach oben.

„Du hättest dir einen lustigen Film aussuchen sollen“, sagt er.

„Ach, Dirk, es hat sich alles so verändert, du bist so weit weg von mir.“ Sie lässt ihren Blick vom Kissen und löst sich aus seiner Umarmung. „Ich habe Angst um uns. Der Film ging so traurig zu Ende.“ Eva blickt ihm tief in die Augen. „Im Film fuhr er auf einem großen Schiff weg, für immer -- für immer -- für immer.“ Sie drückt dabei ihre Faust jedes Mal in das Kissen, sodass die Mulde von Neuem beginnt, sich nach oben zu arbeiten.

„Komm, wir gehen zu Monelli, ich habe nämlich Hunger."

Dirk ist aufgestanden und reicht Eva ihren Mantel. Sie schluchzt.

„Ach, meine Liebe, es war doch nur ein Film."

Sie lässt sich ohne Gegenwehr den Mantel anziehen.

„Genügt wirklich eine Leinwand, Licht und etwas Musik, damit sich fremde Menschen zum Herrscher über deine Gefühle machen können?"

Sie gehen Hand in Hand die Treppe hinunter.

„Den Film haben Filmemacher gemacht, damit du dich so fühlst." Dirk blickt ihr ins Gesicht, während er leise die Haustür öffnet und Eva den Vortritt auf die Straße lässt. „Dein Gefühl ist in einer Filmfabrik produziert worden und du bezahlst sogar Geld dafür."

Sie gehen unter einem großen Regenschirm wieder den Weg an der alten Schule vorbei. Mit Dirk im Arm wirkt die Allee für sie auf einmal viel freundlicher.

„Dirk, so hast du doch sonst nicht geredet", antwortet sie ihm. „Früher waren wir doch oft zusammen im Kino, was hat dich so sehr verändert?"

„Deine Seele wird im Kino verändert", kontert er. „Du kannst es dir ja gefallen lassen, in einer Pseudowelt zu leben, ich möchte es jedenfalls nicht."

„Mein Gefühl ist doch ein Teil von mir", sagt Eva leise. „Nur wenn ich fühlen kann, weiß ich, dass ich lebe. Es ist egal, wie echt der Sonnenschein auf der Leinwand ist, solange meine Gefühle echt sind." Sie bleibt stehen und sieht

Dirk an. „Vielleicht hast du recht, aber dann lebst du wie eine Maschine.“

„Ich bin aber keine Maschine“, sagt Dirk, „und darum habe ich auch Hunger. Da drüben ist schon Monelli.“

Sie betreten das italienische Restaurant und werden von Monelli persönlich begrüßt. Ein Italiener mit dem typischen Akzent, ohne den Pizza und Carbonara halb so italienisch schmecken würden.

„Es ist alles vorbereitet mein Herr“, sagt er zu Dirk und führt sie zu ihrem Lieblingstisch in einer kleinen Nische. Ohne ein Wort bringt er eine Flasche Champagner und füllt zwei Gläser.

Dirk hebt sein Glas und sagt: „Prosit, liebe Eva, auf meine neue Arbeit.“

Gespannt auf jede Regung heftet er seinen lächelnden Blick auf ihr Gesicht. Das Wetter draußen ist besser geworden. Wie vorhin das Kissen auf dem Sofa, das sich nach der schweren Last des Kopfes langsam in seine alte Form erhoben hatte, hebt sich Evas Blick, als würde aus ihrer Seele eine tiefe Mulde entfaltet werden, bis sie tief und strahlend in seine erwartenden Augen schaut. Sie legt ihre Arme um seinen Hals und schluchzt versteckt, um nicht schon wieder zu heulen.

„Dirk -- mein lieber Dirk“, und nun platzt das Schluchzen doch hervor. Sie küsst ihn. „Du hast wieder Arbeit? Ich bin ja so froh.“

Eine Träne rollt ihre Wange herunter, die zuvor den schönen braunen Augen einen wundervollen Glanz verliehen hat. Abwechselnd küsst sie seine Hand, um dann nachdenklich wie in einem Buch darin zu lesen. Seit seiner Kündigung bei Dr. Grothe sind jetzt genau drei Monate verstrichen.

„Ich habe heute eine Anstellung beim Neubau des großen Bürohauses in der City angenommen.“

* * *

Es ist 16 Uhr. Werner Löb ist immer noch im Labor und arbeitet an einer Auswertung. Früher war es fast selbstverständlich, abends bis in die Puppen im Institut zu sein, aber seit Dirk hier gekündigt hat, fällt es Werner schwer, mit Freude zu arbeiten. Das Verhältnis zu Dirk Friesen war mehr als nur die Beziehung zu einem netten Kollegen. Umso enttäuschter ist er, dass Dirk so völlig von der Bildfläche verschwunden ist. Die ersten Wochen hat er versucht, ihn telefonisch zu erreichen, aber dann gehörte der Anschluss einem neuen Teilnehmer.

Auch Dr. Grothe hat sich seitdem verändert. Ein guter Kumpel war der Doktor eigentlich nie, aber seit Dirk nicht mehr da ist, strahlt er nur noch harten Ehrgeiz aus, der alle menschliche Fröhlichkeit erstickt. Außerdem arbeitet sein Chef seitdem fast ausschließlich mit Prof. Flemming zusammen.

Die Klinik für Schlafforschung von Prof. Walter Flemming liegt genau gegenüber vom Institut. Den Studien von Prof. Flemming ist es zu verdanken, dass die Gehirnkartografie heute so weit fortgeschritten ist. Durch sie können Krankheiten wie Schizophrenie oder Epilepsie erfolgreich operiert werden.

Gemeinsam mit Dirk Friesen hat Werner Löb die Studien für Prof. Flemming und Dr. Grothe über die Bildverarbeitung im Gehirn durchgeführt. Damals war ihr Institut noch in der Kaiserstraße. Aber dann kam der große Skandal.

„Was hast du?“

Werner zuckt zusammen. Gabriele Dohrmann ist unbemerkt ins Labor gekommen und sieht Werner aus dem Fenster starren.

„Nichts“, antwortet er.

„Geht es um die Auswertung?“, fragt Gabriele einfach weiter.

„Nein, nein -- wirklich nicht.“

„Aber dich bedrückt doch etwas. Es ist jedenfalls nicht das erste Mal, dass man den Eindruck hat, du hättest deinen Körper hier vergessen und wärst mit deinen Gedanken über alle Berge auf und davon.“ Sie stellt sich vor ihn hin. „Willst du reden?“

Ihre Frage scheint ihm unangenehm zu sein. „Du weißt, dass unser guter Doktor es nicht möchte, dass wir über unsere Arbeit reden.“

Werner wirft ihr einen schnellen Blick zu und geht zur Kaffeemaschine. Er gießt seinen Becher voll und öffnet den Kühlschrank.

„Die Milch ist schon wieder alle.“

Er macht den Kühlschrank mit einem bösen Ruck zu und sieht seinen vollen Kaffeebecher an, als ob er schuld an der fehlenden Milch sei. Dann legt er seine Auswertung und die RGB-Linsen in eines der vielen Fächer an der Wand und stellt den vollen Kaffeebecher in die Spüle der kleinen Küchenzeile.

„Kein Kaffee ist immer noch das beste Argument für Feierabend.“ Seine Aufmerksamkeit gilt nun doch Gabriele.

„Ich trinke meinen Kaffee zwar ohne Milch“, antwortet sie, „aber Feierabend ist ein wirklich gutes Argument. Gehen wir zusammen noch etwas trinken?“

„Dienstlich oder privat?“ Werner ist nun wieder voll im Leben. „Dienstlich hat es Dr. Grothe doch verboten, oder?“

Sie antwortet verschmitzt: „Gut, dann privat. In fünf Minuten am Eingang, okay?“

Er zieht seine Jacke an und sie gehen bis zur verbotenen Tür zusammen. Während Gabriele durch die Tür verschwindet, geht er weiter bis zum Empfang. Im Eingangsbereich ist ein großzügiger Tresen, an dem aber immer seltener jemand sitzt. Die Eingangstür, so will es Dr. Grothe, muss immer verschlossen sein. Außer natürlich, wenn Besuchergruppen kommen, die in den öffentlichen Cyberraum geführt werden. Aber die werden von Dr. Grothe immer rechtzeitig angemeldet.

Werner öffnet die Eingangstür und tritt auf die Straße. Gegenüber bei Prof. Flemming brennt noch Licht und neben dem Wagen des Professors parkt das Auto von Dr. Grothe. „Ob sie immer noch am BCV-Verfahren arbeiten?“, fragt er sich. Seit dem Skandal hat Werner Löb vom Doktor jedenfalls keine neue Arbeit, geschweige denn eine Veröffentlichung darüber gesehen.

„Da bin ich.“ Gabriele steht hinter ihm, er schließt die Tür ab und geht mit ihr Richtung Monelli.

„Kennst du den kleinen Italiener bei der alten Schule?“, fragt er sie.

„Nein“, antwortet Gabriele, „aber klingt gut.“

„Verstehst du all die Heimlichkeiten von Dr. Grothe?“, fragt Werner, nachdem Monelli die Kerze angezündet hat und mit der Bestellung in die Küche verschwunden ist.

„Also doch ein dienstliches Treffen?“ Gabriele lächelt und sieht ihn mit schräg gestelltem Kopf an. „Du arbeitest doch schon viel länger im Institut“, sagt sie. „Du kannst mir doch bestimmt viel mehr Gründe erzählen als ich dir. Zum Beispiel die Sache mit dem Fernsehbericht …“

„Die Sache?“ Werner unterbricht sie forsch. „Ein handfester Skandal war das. Im Fernsehen wurde ein langer Bericht darüber gesendet, dass unser Institut bei vielen Patienten ohne deren Einverständnis eine Gehirnspiegelung vorgenommen hat.“ Seine Stimme verrät, dass das Thema ihn auch persönlich betrifft und immer noch Emotionen auslöst.

„Na und?“ Gabriele klingt dagegen trocken und sachlich. „Ärzte können schon viele Jahrzehnte Nervenströme mit Elektronen messen. Meinst du, es gibt auch nur einen Patienten, der möchte, dass der Arzt die Daten nicht beachtet?“

Gabriele sieht Werner fragend an. Er nimmt einen Teelöffel in die Hand und dreht ihn langsam vor sich in der Luft, während er seine Antwort formuliert.

„Drei Viertel des menschlichen Gehirns sind vollständig entschlüsselt. Eine komprimierte Datenkopie verlangt nur 300 Terabyte Speicher. Hast du das BCV-Verfahren schon einmal praktisch gesehen? Kannst du dir vorstellen, was BCV zusammen mit diesen Daten bedeutet?“

Der Teelöffel in seiner Hand ist bei diesen Worten vom Spielzeug zum Zeigestock geworden, der rhythmisch auf sie zeigend den Ernst der Frage untermauern soll.

„Nicht wirklich“, schüttelt sie den Kopf. Er legt den Löffel wieder vor sich auf den Tisch.

„Gott sei Dank können sich viele Menschen das nicht vorstellen.“ Werner nimmt nun sein Glas zwischen die Finger und dreht es langsam. Dann atmet er die Blume des Weines genussvoll ein und spricht nach einem Schluck, nun deutlich gelassener: „Sogar die Staatsanwaltschaft hat das Verfahren sofort eingestellt, aber trotzdem zog Dr. Grothe mit dem Institut von der Kaiserstraße weg.“

„Laufen die Forschungen mit BCV denn weiter?“

Werner wendet sich vor der Beantwortung dieser Frage erst einmal wieder seinem Wein zu und trinkt genussvoll ein Schlückchen.

„Seit dem Skandal ist die Arbeit sehr anstrengend geworden. Es muss immer darauf geachtet werden, dass keine Teile unserer Arbeiten an die Öffentlichkeit gelangen. Keiner weiß etwas vom anderen, und Fragen ist verboten. Was machst du zum Beispiel den ganzen Tag? Jeder behandelt den anderen wie einen Spion."

„Jeder?" Gabriele verzieht die Augenbrauen. „Wir sind doch nur noch zu zweit. Außer uns gibt es doch niemanden mehr."

„Und was ist mit Alex?"

Gabriele scheint über diese Frage etwas erschrocken zu sein. Sie widmet sich nun ihrerseits intensiv dem Rotweinglas. Die Hände sind verkrampft und ihr Gesicht wird blass und starr. Alexander Schröder war vor knapp einem Jahr an das Institut gekommen. Er ist ein Typ, als wäre er in einer Zeitmaschine aus den 60er-Jahren gekommen. Mit einer schmalzigen Tolle und typisch amerikanischen Klamotten sieht er aus wie ein echter Rock-'n'-Roller und ist dabei ein Macho, wie er im Buche steht. Werner ist nie gut mit ihm zurechtgekommen.

„Was ist denn mit Alex?" Werner hat bemerkt, dass ihr der Name des Kollegen unangenehm ist. „Warum muss er heimlich arbeiten, ist das wirklich wegen mir? Du hast dich doch auch immer über ihn beschwert, oder?"

„Alex ist ein Arsch", sagt sie trocken. „Wie viele Mitarbeiter hatte das Institut früher eigentlich?" Gabriele weicht seinen Fragen mit einer Gegenfrage aus.

„Wir waren in der Kaiserstraße mehr als zehn Mitarbeiter. Aber nach dem Skandal haben alle das Institut verlassen oder wurden von Dr. Grothe gekündigt. Nur Dirk Friesen und ich waren übrig geblieben und als Ersatz kamst du und dann Alex. Es ist vermutlich auch kein Zufall, dass das Institut jetzt genau gegenüber der Klinik von Prof. Flemming angesiedelt ist."

* * *

Dirk Friesen ist auf der Baustelle und überwacht den Einbau des Spiegelglases an der Westfassade. Als er die Anstellung bekam, war gerade das Fundament gegossen, und nun bekommt das Haus schon sein endgültiges Gesicht.

„Wo ist nur die Zeit geblieben?“ Dirk überlegt, dass es nun schon neun Monate her ist, als er mit Eva den neuen Job bei Monelli gefeiert hat. Seit fast einem Jahr arbeitet er schon nicht mehr im Institut.

In dem großen Durchgang werden an beiden Seiten Spiegelplatten montiert. Die Spiegel werden parallel ausgerichtet. Dirk sieht, wie sich seine Gestalt in den Spiegeln scheinbar endlos wiederholt, und lässt seinen Blick in die unnatürliche Ferne sinken. Das erste Computerseminar, welches er damals bei Dr. Grothe besucht hat, kommt plötzlich aus den Tiefen seiner Erinnerungen hervor, es ging um rekursive Programmierung.

„Ein rekursives Programm ruft sich selbst wieder auf.“ So hat Dr. Grothe es damals erläutert. „Wenn Sie sich zwischen zwei Spiegel stellen, dann werden Sie sich beliebig oft im Spiegel sehen. Genauso ruft in einem Computer dasselbe Programm sich immer und immer wieder selbst auf.“

Dirk erinnert sich zwischen den Spiegeln an die bildhafte Erklärung für Rekursion. Mit solchen anschaulichen Vergleichen gelang es Dr. Grothe immer, seine theoretischen Vorträge anschaulich zu machen.

Bevor Dirk als Angestellter am Institut von Dr. Grothe gearbeitet hatte, besuchte er selbst dort einige Seminare. Die Verbindung von Computer und Architektur war damals noch auf das Konstruieren oder das Berechnen der Statik beschränkt. Später hat er die Computerseminare selbst gehalten. Sie wurden mit der Zeit immer spezieller.

Dirk war entscheidend daran beteiligt, eine ganze Stadt online im Rechner zu halten. Das Konzept war denkbar einfach: Die CAD-Systeme, mit denen die Architekten ihre Häuser entwerfen und konstruieren, liefern die Information über das Aussehen der Gebäude einer Stadt. Man benötigt nur noch den Längen- und Breitengrad des Gebäudes sowie dessen Ausrichtung, sozusagen den Zeiger nach Norden. Ebenso gibt es einen Datenblock für jedes Gebäude, in dem zum Beispiel auch das Baujahr des Hauses abgelegt ist.

Seit der Zwangsvernetzung für steuerlich abzugsfähige EDV-Systeme wurden Stadtpläne, die es schon lange im Computer gab, dreidimensional erweitert. Die öffentlichen Rechner nutzen die Daten fast aller Architekten und ermöglichen so den realen Cyberspace. Mit den Datenhelmen und Cyberhandschuhen wurden die Seminare zum Spaziergang durch unsere Stadt. Jedes Jahr wurden die Lücken zwischen den Häusern kleiner und die Darstellung perfekter.

Einmal sagte Dr. Grothe zu Dirk, nachdem alle Teilnehmer gegangen waren: „… und nun spielen wir Gott und programmieren das Wetter.“ Dr. Grothe war versessen darauf, jedes Detail im Cyberspace zu erfassen und zu beweisen, dass alles im Computer nachgebildet werden kann.

Dirk hat später für das Projekt diverse Pflanzen programmiert. Sein Programm AST wurde dann in dem Seminar über rekursive Programmierung als Beispiel verwendet. Das Programm berechnet einen Ast mit unterschiedlich vielen Blättern und ruft sich selbst immer wieder auf. Vom Stamm als erstem Programmaufruf bis zum letzten Blatt ist nur eine Struktur nötig, und ein ganzer Baum wird fertig berechnet. Der Stamm hat eine feste Richtung, die anderen Äste hängen dann vom Wind ab. Die Wetterkarte hat damals Werner Löb programmiert. Sie klopften sich oft gegenseitig auf die Schulter, wenn ihnen etwas besonders Eindrucksvolles gelungen war. Werner bewunderte Dirks

Bäume und lobte, dass sie von einer Fotografie nicht zu unterscheiden seien.

Dirk sieht Werner in seiner Erinnerung vor sich, wie er mit seiner kleinen Nickelbrille und dem dünnen Haar vor ihm stand. Eine gute Idee kündigte sich bei ihm schon in seinem schelmischen Gesicht an, bevor er anfing, darüber zu reden. Als Werner das erste Mal seine Hubschrauberlandung am Bildschirm simulierte, lachte er und sagte: „So, Dirk, nun musst du auch noch dafür sorgen, dass ab Windstärke acht der eine oder andere Ast abknickt."

„Hallo Schatz."

Dirk fährt zusammen. Er hat Eva gar nicht kommen hören, so sehr war er in seine Erinnerung versunken. Er reißt seine tausend träumenden Blicke aus der Spiegelwelt und geht Eva entgegen, die mit einer kleinen Tüte vor dem Durchgang steht.

„Dein Frühstück", sagt sie, „du hast dein Frühstück zu Hause vergessen."

Er nimmt ihre Hand mitsamt dem Frühstücksbeutel und sagt: „Komm, ich zeige dir die weite Welt." Dabei führt er Eva lachend zwischen die Spiegel, an die Stelle, wo er eben selbst gestanden hat.

„Wunderbar, so ein riesiger Durchgang", lacht sie, während ihr Blick in die unendliche und unwirkliche Weite eintaucht. „Es wird ein herrlicher Bau. Fast zu schade für ein einfaches Bürohaus. -- Komm heute nicht so spät", sagt sie und gibt ihm einen Kuss.

„Ich bringe dich noch ein Stück", sagt er und sie gehen Hand in Hand zur LKW-Einfahrt, durch das hektische Geschehen der Baustelle. Am Zaun, der die Baustelle weiträumig umgibt, bleiben sie stehen. Es weht ein leichter Wind, Staub wirbelt hoch. Eine alte Zeitung wird langsam über den sandigen Platz getrieben.

„Beeile dich heute Abend“, sagt Eva noch einmal. Dirk sieht der Zeitung hinterher und sagt, ohne ihr wirklich zuzuhören: „Wir könnten doch Werner Löb einmal einladen.“

„Ja“, antwortet sie trocken, „das können wir machen.“

Er gibt ihr zum Abschied noch einen Kuss und sie geht den langen Weg neben der Baustelle entlang nach Hause. Von Zeit zu Zeit sieht sie durch die breiten Spalten im Lattenzaun, dass Dirk auf der anderen Seite des Zaunes noch neben ihr geht. Sie lacht ihm durch die kurzen Lücken im Bretterzaun zu.

Sie fragt sich, wie er plötzlich wieder auf Werner Löb kommt. Hat er seine Enttäuschung vergessen, wie Werner ihn hat abblitzen lassen? Dirk kann seine Arbeit bei Dr. Grothe wohl immer noch nicht vergessen.

Bei der Erinnerung an das Institut von Dr. Grothe wird ihr ganz sonderbar zumute. Dirk hat ihr nie einen Vorwurf gemacht, dass sie ihn gedrängt hat, die Arbeit im Institut aufzugeben. Im Gegenteil, er scheint bei seiner Arbeit auf der Baustelle richtig aufzublühen, er lacht wieder öfter. Es gibt keinen Grund, warum Dirk den Kontakt mit Werner Löb nicht noch einmal suchen sollte, aber die weibliche Intuition mahnt sie zur Vorsicht.

Werner und Dirk waren die einzigen Mitarbeiter, die nach dem großen Skandal bei Dr. Grothe geblieben sind und mit ihm das neue Labor aufgebaut haben. Auch zu Hause bekamen Dirk und Eva noch eine lange Zeit unheimliche Anrufe und anonyme Drohungen. Ihr läuft es kalt den Rükken herunter, wenn sie an die Zeit denkt, als sie Dirk abends im Labor abgeholt hat.

Der Zaun ist zu Ende. Eva sieht durch den letzten großen Spalt im Zaun, Dirk ist schon abgebogen. Er geht in Richtung Bauwagen, in dem die Bauleitung untergebracht ist. Sie ruft ihm einen Gruß hinterher, aber er hört sie nicht mehr. Sie geht nach Hause und öffnet die Haustür, die Tür knarrt nicht.

Nach Feierabend geht Dirk zu Fuß nach Hause. Er mag es, die große Stadt an sich vorübereilen zu sehen. Alle Menschen wirken so geschäftig. Aber irgendwie ist es auch wie ein immer gleicher Film. Es sind die typischen Stadtgeräusche, die Stadtgerüche und die maskenhaften Personen, die ihm gleichzeitig ein so vertrautes wie auch fremdartiges Gefühl einflößen. Er geht an der Wurstbude vorbei und riecht den immer gleichen Geruch aus Fett, Pommes, Schaschlik und abgestandenem Zigarettenrauch. Die Bude wirkt vertraut, aber gleichzeitig auch fremd, weil er noch niemals drinnen war. Obwohl der Geruch nicht unappetitlich ist, hätte er keine Lust, dort zu essen.

Keine der vielen Personen, die ihm als Menschenstrom entgegeneilen, kennt er. Trotzdem ist es ihm, als erkennt er ein paar Gesichter immer wieder. Vermutlich, weil sie sich auch bei einem früheren Heimweg im Gewirr der Blicke getroffen haben. Auch wenn er die Leute nicht kennt, vielleicht teilt er mit ihnen einen ähnlichen Biorhythmus. Dirk liebt diese innere Spannung der Stadt.

Auf dem Rathausmarkt setzt er sich auf eine Bank. Als er selbst zur Ruhe kommt, erhält jeder einzelne Mensch im Fluss der Geschäftigkeit eine viel klarere Persönlichkeit. Während Dirk die Menschen beobachtet, trifft sein Blick eine Frau, die langsam auf dem Rathausmarkt spazieren geht. Sein Herz schlägt schneller. Die nötige Luft zum Atmen zu bekommen fällt ihm plötzlich so schwer. Es ist der Typ von Frau, der vermutlich auf der ganzen Welt den Männern den Atem stocken lassen würde.

„So habe ich mir immer eine Carmen vorgestellt“, haucht Dirk leise vor sich hin, während sein Kopf langsam dem Gang dieser Schönheit über den Platz folgt. Im Urlaub war er mit Eva in der Oper „Carmen“ gewesen. Danach wollte sie unbedingt von ihm wissen, welcher Typ Frau sie sei, die rassige Carmen oder die biedere Micaela. Eva ist zweifellos eine schöne Frau, aber sie hat auch eine häusliche und biedere Seite.

Die Frau dort hinten scheint davon überhaupt nichts zu haben. Sie steht an einem Zeitungskiosk mit dem Rücken zu ihm. Dirk überlegt, wie er darauf kommt, dass diese Frau nicht bieder ist, er kennt sie doch gar nicht. Sein Blick klebt an ihrem Rücken, er kann ihn immer noch nicht von dieser Person lassen. Sie hat eine Zeitschrift gekauft und kommt nun schnellen Schrittes und geradlinig auf seine Bank zu. Dirk stockt der Atem jetzt vollständig.

„Ist hier noch frei?“ Sie spricht ihn an, als sie etwa einen Meter vor seiner Bank stehen bleibt.

„Natürlich“, antwortet Dirk lässig. Er ist überrascht, wie locker und ruhig er nach außen zu sein scheint, obwohl doch sein Herz nicht nur in der Brust klopft, sondern der Anblick dieser Frau seinen ganzen Körper in gleichmäßiges Pochen zu versetzen scheint.

„Ein schöner Nachmittag, nicht wahr?“ Die Dame blickt mit einem Augenaufschlag zu ihm herüber, der Marmorstatuen zum Tanzen gebracht hätte.

„Ja, was für ein Nachmittag!“ Dirk ist nicht sicher, ob er wirklich das Wetter meint.

„Sitzen Sie oft hier?“ Ihre Stimme hat einen schönen Klang. Sie liebkost seine Seele wie der Klang der Sirenen, vor denen sich Odysseus zum Schutz anbinden lassen musste. „Von meinem Penthouse in der Parkstraße habe ich einen schönen Blick über den Rathausmarkt. Sehen Sie dort.“ Sie zeigt mit dem Finger auf eines der teuren Häuser, die an den Rathausmarkt grenzen. „Dort wohne ich.“

„Das Haus passt zu ihr“, denkt er bei sich. Ein prächtiges Gebäude, wie eine große Treppe gebaut. Jede Stufe ist ein großer, in allen Etagen blühend bewachsener Balkon. Bunte Blumenranken winden sich von einer Etage zur nächsten. In der ersten Etage erkennt man durch das verglaste Geländer eine noble Gartengarnitur mit einem bunten Sonnenschirm.

„Wenn Sie Lust haben, lade ich Sie auf einen Fruchtcocktail ein.“

Dirk glaubt, dass sein Blut den Siedepunkt erreicht hat. „Es tut mir leid, aber ich habe heute noch einen Termin.“

Seine Sprache scheint dem männlichen Empfinden nicht zu gehorchen. Ein schlechtes Gewissen seiner Frau gegenüber wird vom Verstand in die Situation gemogelt. Ihm wird die Sache unheimlich. Sie rückt unauffällig ein Stück näher an ihn heran. Dirk steht auf und gibt dieser so überraschend in sein Leben getretenen Schönheit zum Abschied die Hand. Er riecht ihr Parfüm. Sollte er ihr Angebot doch annehmen?

„Ein anderes Mal vielleicht, heute ist es leider nicht möglich“, hört er sich, wie automatisch sagen.

„Es läuft ja nicht weg“, sagt sie mit einem freundlichen Lächeln. „Mein Name ist Carmen Fournacon, ich stehe im Telefonbuch. Wenn Sie Lust haben, rufen Sie einfach mal an.“

Sie gibt seine Hand frei, und um keinen Zweifel am Ernst der Einladung aufkommen zu lassen, nickt sie ihm ganz sanft zu. Etwas eitel achtet Dirk beim Fortgehen auf eine besonders gerade Haltung seines Körpers. Ob sie ihm wohl hinterhersieht?

Erst als er um die erste Ecke biegt, nimmt er die Spannung aus seinen Muskeln und eilt nach Hause. Aber je weiter er den Rathausmarkt hinter sich lässt, kommen aus den Tiefen seiner Seele Vorwürfe in sein Gemüt.

Warum sitzt er jetzt nicht mit der Frau seiner Träume in ihrem reichen Penthouse? Sein Gaumen wird trocken bei der Vorstellung des kühlen Fruchtcocktails, den sie ihm versprochen hat. Er sieht sich mit dem Glas in seiner Hand auf dem großen, blumengeschmückten Balkon stehen. Der

Sonnenuntergang und die warme Abendluft legen sich wie ein erotischer Schleier über die ganze Stadt. Aber seine Schritte scheinen nur der Vernunft verpflichtet zu sein und ziehen ihn wie magisch nach Hause.

* * *

Heute ist ein schöner Sommertag, Werner Löb macht aus diesem Grund sehr zeitig Feierabend. Er geht den Flur entlang und bleibt an der verbotenen Tür kurz stehen. Bis zum Abend mit Gabriele dachte er immer, Alex würde hinter dieser Tür arbeiten. Aber seit ihrer sonderbaren Reaktion ist die Tür für ihn noch rätselhafter geworden. Warum diese vielen Geheimnisse von Dr. Grothe? Was gibt es zu verbergen?

Er geht den Flur weiter zum Empfang und verlässt das Institut. Heute genießt er den lauen Sommerwind mehr als an anderen Tagen. Er schlendert durch die Straßen und geht nicht seinen gewohnten geraden Weg, sondern lässt sich träumend von seinem Gefühl durch die Stadt führen.

Er kommt an der alten Schule vorbei, geht durch die romantische Allee mit dem altmodischen Kopfsteinpflaster. „Nur wenige Schritte von hier wohnen Dirk und Eva", denkt er bei sich. Wie automatisch bringen ihn seine Beine vor das Haus, in dem er früher so manches Feierabendbier mit seinem Freund getrunken hat.

Langsam öffnet er die laut knarrende Tür und schleicht das Treppenhaus hinauf. Die Wohnungstür ist einen Spalt offen, eine Fußmatte verhindert, dass sie ins Schloss fallen kann. *Wagner* steht auf einem neuen Namensschild. Werner fällt ein, dass sich die neue Stimme am Telefon mit Wagner gemeldet hatte. Er dreht auf der Treppe um und geht die Stufen wieder hinunter.

Kurz bevor er das Ende der Treppe erreicht hat, bemerkt er einen älteren Herrn, der mit einem Karton auf dem Arm aus dem Keller kommt. *BCV* ist mit schwarzem Edding darauf geschrieben. Werner geht die restlichen Stufen langsamer und bleibt hinter dem Mann. Das Haus ist ein Altbau im Jugendstil mit einem großzügigen Marmorflur. Sie verlassen dicht hintereinander das Haus und gehen bis zur Straße. Werner beobachtet, wie der Mann den Karton bei einem Müllhaufen ablegt und ins Haus zurückgeht.

Als die schwere, knarrende Tür wieder zu ist, öffnet er den Karton und findet Dirks RGB-Linsen und einige Papiere. „Es sind tatsächlich seine alten BCV-Unterlagen", denkt er und nimmt die RGB-Linsen aus dem Karton. Für Computer und Fernseher gibt es schon seit langer Zeit kaum noch Monitore. Die Bildinformationen werden mit speziellen Brillen dicht vor die Augen projiziert. Aber mit diesen modernen RGB-Linsen kann das Bild direkt auf die Netzhaut gebracht werden. Das Gehirn bemerkt keinen Unterschied zum Sehen in der realen Welt.

Werner packt die Linsen wieder in den Karton und nimmt ihn mit nach Hause. Unterwegs überlegt er, wie außer sich Dr. Grothe wäre, wenn er wüsste, das diese BCV-Unterlagen hier einfach so auf der Straße stehen. Werner findet aber, dass der Doktor etwas übertreibt, keiner könnte mit diesen Unterlagen wirklich etwas anfangen. Trotzdem packt er den Karton fester unter den Arm und beschleunigt seinen Weg nach Hause.

„Werner!" Hinter sich hört er Gabrieles Stimme und ihre laufenden Schritte. „Hallo Werner." Sie hat ihn von hinten eingeholt. „Du warst heute ja früh weg, hast du noch etwas vor?"

„Ich wollte nur noch ein paar Sonnenstrahlen live erleben", sagt Werner. „Aber jetzt bin ich auf dem Weg nach Hause."

Zu Werners Wohnung sind es nur noch wenige Schritte. Gabriele mustert den Karton auf seinem Arm und hat nun, indem sie für das *V* seinen Ärmel etwas anhebt, die drei Buchstaben entziffert.

„BCV?“, flüstert sie geheimnisvoll. „Weiß der Alte, mit was du hier herumläufst?“

„Komm mit!“, sagt Werner, denn nun hat er Angst, wer ihm noch alles über den Weg laufen könnte.

„Was heißt BCV eigentlich?“ Sie zeigt mit dem Finger auf die drei Buchstaben, während ihre Schritte immer schneller werden.

„Brain Copied Visualisation. Damit ist es möglich, Bildinformation aus dem Gehirn mit einfachen JPG-Bildern zu kombinieren.“

„Und wozu?“

Sie haben inzwischen die Wohnung von Werner erreicht. „Löb“, liest Gabriele laut vom Briefkastenschlitz in der Tür. „Gibt es eigentlich eine Frau Löb?“

„Nein“, antwortet Werner. „du kannst ruhig hereinkommen.“ Er stellt den Karton auf einem kleinen Schrank im Flur ab.

„Brain -- Copied -- Visualisation.“ Wie eine Schülerin, die ihre Hausaufgaben lernt, tippt Gabriele auf die drei Buchstaben. Etwas schüchtern öffnet sie die große Schachtel. „Wozu werden die Gehirnbilder ausgelesen?“, wiederholt sie ihre Frage noch einmal.

„Mit dem BCV-Verfahren können den Bildinformationen, die das Auge über die RGB-Linse sieht, auch eigene Gehirnbilder beigemischt werden. Mit kleinen Elektroden werden diese aus dem Kopf gelesen. Das, was das Auge mit BCV sieht, ist dann eine Mischung aus Computerbildern und den Bildern der eigenen Erinnerung.“

„Ach so, deshalb die Gehirnspiegelung damals.“

„Ganz genau.“ Werner trägt den Karton in sein Arbeitszimmer, nachdem er seine Schuhe ausgezogen hat. „Das Lesen in der Erinnerung der Menschen wurde am Institut von Dr. Grothe erfunden und optimiert.“ Er holt einen kleinen Stapel auf Papier ausgedruckter Bilder aus dem Karton hervor. „Diese Studie gab Aufschluss über die Funktionsweise des menschlichen Gehirns. Beim Sehen verarbeitet der Mensch nicht nur die Information der Augen, sondern das Augenlicht wird immerzu mit der Erinnerung vermischt. Dabei versucht das Gehirn möglichst viel Information aus der Erinnerung in das Bild der Augen zu integrieren. Wenn das Augenbild zu einem bestimmten Anteil auch in der Erinnerung vorkommt, nimmt das Bewusstsein dieses als Erkennen wahr.“

Werner blättert in den Bildern der Studie, ohne sie Gabriele zu zeigen. „Hier“, jetzt dreht er das nächste Bild so, dass Gabriele es ansehen kann. „Unser Eckenspiel.“ Er legt das Bild auf dem Tisch ab und legt das nächste Bild daneben. „Dirk und ich spielten es oft. Bei diesem Spiel muss jemand zehn Sekunden lang in eine Ecke des Raumes blicken. Danach stellt der andere Fragen über etwas, das sich in dieser Ecke befindet oder auch nicht. Es ist dem Gehirn unmöglich, jedes Detail einer Raumecke zu behalten. Denn schon während ein Mensch etwas betrachtet, vermischt sich im Kopf die Erinnerung mit dem, was das Auge sieht.“

Die beiden Bilder, die Werner vor Gabriele gelegt hat, zeigen die kleine Küchenecke im Labor, die Kaffeemaschine und den Kühlschrank.

„‘Befindet sich die Kaffeekanne unter der Kaffeemaschine?‘, fragte ich Dirk Friesen damals, nachdem er zehn Sekunden in diese Ecke gestarrt hatte. Hier …“, Werner hebt das erste Bild noch einmal hoch, „das haben die Augen gesehen, keine Kaffeekanne. Sie war beim Doktor auf dem Schreibtisch. Aber Dirk war sicher, er habe sie dort gesehen. Hier seine Gehirnspiegelung.“ Er nimmt nun das andere Bild in die Hand. „Total verschwommen, aber mit der Kaffeekanne. Für die BCV-Studien standen zwei Bildschirme im Labor, die an den Gehirnspiegel einer Person angeschlossen waren. Der eine Bildschirm zeigte, welches

Bild die Augen dem Gehirn liefern. Der zweite Bildschirm zeigte die Erinnerung, die das Gehirn assoziiert.“

„Das ist ja ein unfaires Spiel. Wenn jemand an den Gehirnspiegel angeschlossen ist, dann hat er ja gar keine Chance.“ Gabriele scheint Mitleid mit allen Unterlegenen dieses Spiels zu haben.

„Richtig, wenn der Befragte am Gehirnspiegel angeschlossen war, dann hatte er sein Spiel schon verloren. Auf den Kontrollmonitoren war zu sehen, welche Informationen das Gehirn dem Augenbild überlagert hat. Es sind Bilder, die nur in der Erinnerung existieren, auch wenn man hinterher schwören könnte, man hätte es gesehen.“

Werner hält das Stück Papier in seinen Händen. Er spricht leise, fast träumend zu sich: „Dirks Kaffeemaschine. Ja, ja, so hat er sie gesehen. Damals.“

Wie versunken scheint Werner noch einmal in das Spiel vertieft. Er starrt das Foto an, wo einst die Kaffeemaschine seines Freundes stand. Er fragt sich, warum er so unverhofft gegangen ist, dabei klebt sein Blick auf dem Foto in der Hand. Er denkt daran zurück, wie er gemeinsam mit Dirk das erste Bild assoziativ auf einen Monitor gebracht hat. Wie sie auf diversen Kongressen Vorträge über ihr neues Bildformat gehalten haben. Werner löst seinen Blick von dem Blatt Papier.

„Vielleicht ist Dirk etwas zugestoßen.“ Seine Aufmerksamkeit gilt nun wieder Gabriele. „Hast du gar keinen Kontakt mehr zu ihm?“

Werner zuckt als Antwort auf ihre Frage mit den Schultern und schüttelt dabei mit dem Kopf. Er setzt sich in seinen Sessel, und ohne auch ihr einen Platz anzubieten, erzählt er: „Dr. Grothe sagte mir, dass Dirk gekündigt hat, und seitdem ist er weg. Ich war etwas böse auf ihn, weil er nicht zuerst mit mir darüber gesprochen hat. Später habe ich versucht, ihn anzurufen, aber es ging niemand ans Telefon.

Seine Wohnung war abends unbeleuchtet. Am Telefon meldete sich irgendwann ein Herr Wagner."

„Hier." Gabriele hat, während Dirk erzählte, weiter in dem Karton gestöbert und holt ein gebundenes Heft heraus und liest die Schrift auf dem Deckel der Arbeit vor: „Das Erlebnis in Computerräumen. Mit dem BCV-Verfahren revolutioniert, von Dr. Andreas Grothe."

Werner erinnert sich sofort an Dirks großen Vortrag. Er hielt ihn damals vor über 200 Gästen aus Politik und Industrie.

Gabriele liest eine zufällig aufgeblätterte Stelle laut: „Der benötigte Helm ist mit 512 Elektroden ausgestattet, die einen exakten Kugelausschnitt bilden. Die Gehirnströme werden dreidimensional gemessen und den Augen als Sinneswahrnehmung übermittelt. Im Cyberspace fehlende Szenen können auf diese Weise ausgeglichen werden."

Sie blättert noch ein wenig durch die Seiten.

„Aber dann war die Arbeit doch nicht immer so geheim, wenn hier alle Details aufgeschrieben sind und vor 200 Menschen vorgetragen wurden."

Sie hält das Manuskript in seine Richtung und zeigt auf die Abbildung eines BCV-Helmes.

„Ehrlich gesagt kann ich dem Doktor auch nicht mehr ganz folgen. Der Skandal hat zwar das Image des Instituts zerstört, aber was der Quatsch mit der verbotenen Tür soll …" Er bleibt im Satz hängen. „Sollte Dirk etwas zugestoßen sein?"

„Schon möglich", sagt Gabriele voller Anteilnahme, denn bei einem Gespräch über die verschlossene Tür hat sie die Befürchtung, ihm könnte wieder Alexander Schröder einfallen. „Seit Dirks Präsentation wird das BCV-Verfahren doch auch vom Geheimdienst verwendet. Stimmt das eigentlich?" Sie bemüht sich, Werner am Thema zu halten.

„Kann ich mir gut vorstellen, aber offiziell erzählt das natürlich niemand. Jedenfalls kann ich mir nicht vorstellen, dass die so etwas ungenutzt lassen würden. Setze einer Person beim Verhör RGB-Linsen auf die Augen und sie weiß nicht, ob sie Computerbilder sieht oder ob sie Szenen aus dem eigenen Gehirn erlebt. Die Möglichkeiten für Dr. Grothes Forschungen haben sich jedenfalls beachtlich verbessert. Denk nur an die neuen Supercomputer, die wir verwenden. Sonst werden sie nur im militärischen Bereich eingesetzt, und wir dürften sie für das Institut nutzen."

Gabriele sieht Werner nachdenklich an. „Kann es sein, dass Dirk dir nicht immer alles erzählt hat? Könnte er in etwas reingeraten sein, von dem wir keine Ahnung haben?"

Am nächsten Morgen betritt Dr. Grothe das Labor. Werner ist schon seit zwei Stunden dabei, die letzten Auswertungen abzuschließen.

„Na, Herr Löb, schon so fleißig?"

Werner legt das Blatt aus der Hand und steht von seinem Platz auf. „Guten Morgen Herr Doktor", antwortet Werner höflich. Seit zwölf Jahren arbeitet er bei Dr. Grothe und seit zwölf Jahren reden sie sich freundlich mit Sie an. Keine Seite hat je den Versuch unternommen, die unsichtbare Mauer zwischen Chef und Mitarbeiter zu beseitigen. „Ich habe das Programm für die neue Auswertung fertig." Werner reicht ihm eine Diskette.

„Schön, dann können wir ja gleich mal sehen."

Er geht den Flur entlang zu der Tür, die neuerdings mit einem Nummerncode gesichert ist. Es piept jedes Mal, wenn eine Ziffer gedrückt wird. Die Tür springt auf und Dr. Grothe geht hinein. Die Tür fällt hinter ihm zu.

Nach einer Weile kommt er wieder heraus. „Hier", sagt er, „da haben wir das Gleiche noch einmal." Dabei reicht er ihm die Diskette zurück.

Werner schaut ihn an, als wollte er etwas sagen, aber er nimmt nur stumm die Diskette und legt sie auf seinen Schreibtisch. Er spricht, mehr zu sich als zu Dr. Grothe: „Das habe ich aber erst morgen fertig."

Gespielt liebevoll legt er ihm die Hand auf die Schulter. „Aber das langt doch vollkommen, Herr Löb. Morgen ist gut." Er wirft einen flüchtigen Blick auf das Papier, welches Werner eben in der Hand hielt, und geht dann, noch einmal „Morgen ist gut" murmelnd, hinaus.

* * *

Dirk steht in der Telefonecke und telefoniert. Seine Stimme wird mit jedem Satz dünner: „... schade, Werner, dann eben nicht. -- Ja. -- Ja. -- Tschüs."

Dirk legt den Telefonhörer fast lautlos auf die Gabel. Eva schaut um die Ecke zum Telefon. „Ich habe Werner Löb angerufen, er hat keine Zeit." Dirk spricht leise, sein Blick bleibt an dem Telefonapparat kleben. Eva steht stumm hinter ihm. Er erzählt mehr dem Telefon als an Eva gerichtet, die liebevoll von hinten seine Hüften umfasst. „Das glaube ich nicht, warum ist er so abweisend?"

Sie flüstert ihm zärtlich ins Ohr: „Wollen wir spazieren gehen?" Dirk stellt das Telefon ordentlich an seinen Platz. „Lass uns in unseren Birkenwald gehen." Evas Stimme klingt munter und auffordernd. Dabei drückt sie ihn einmal und löst dann die Umklammerung. Er antwortet nicht. Ohne weitere Worte zieht Eva ihren Mantel an. „Hier." Sie reicht auch ihm seinen Mantel. „Es ist windig."

Wenig später gehen sie wortlos durch das kleine Birkenwäldchen. Es ist ein kleiner Wald, der zu einem Naherholungsgebiet am Rande der Stadt gehört. Hier haben sich Dirk und Eva schon als Teenager zum heimlichen Rauchen getroffen. Am ersten Abend, als Dirk nach seinem Auslandsstudium wieder zurückgekommen war, sind sie genau hier spazieren gegangen. Von diesem Spaziergang kamen sie als Paar zurück. Seitdem ist es ihr Birkenwald. Dieser Birkenwald trägt ihre Jugend, ihre Liebe und ihre Gegenwart in sich.

Dirk bleibt stehen. Er sieht seine Frau an und ertappt sich dabei, dass er wieder an Carmen Fournacon denken muss. „Meine Frau ist die Realität", denkt er bei sich. Die Frau auf dem Rathausmarkt erscheint ihm nur noch wie ein Traum. Aber obwohl er sie überhaupt nicht kennt, kann er sein Empfinden nicht von der verführerischen Illusion befreien. Er nimmt Eva in den Arm, aber er spürt, dass sie ihm im Moment nicht über seine Sorgen hinweghelfen kann. Die Enttäuschung über seinen besten Freund Werner Löb. Die Enttäuschung, von ihm verlassen zu sein. Ein Freund, der sich abwendet, zu dem man Nähe und menschliche Tiefe empfunden hat. Und auf der anderen Seite das Gegenteil von Trennung, ein völlig fremder Mensch, der alle seine Wünsche und alle unerfüllten Träume zu erfüllen vorgibt. Und dazwischen Eva.

Er geht langsamer und sieht sie an. In ihrem Gesicht erkennt er die Eva wieder, mit der er hier vor 17 Jahren das erste Feuer der Liebe entfacht hat. Er lächelt sie an. Sie ist immer da, wenn er Sorgen hat, denkt er bei sich. Aber es fühlt sich wie eine Entschuldigung an. Wie ein Ruderboot, das an einem Pflock vertäut ist, versuchen sich seine neuen Gefühle von seinen Verpflichtungen loszureißen. Alles, was ihm sonst Halt gab, scheint durch die neue Versuchung immer mehr zur Last zu werden.

„Das Leben fordert und das Leben schenkt", sagt er zu seiner Frau.

„Ich verstehe dich nicht", antwortet Eva trocken.

Im Moment, als er seinen Satz ausgesprochen hat, findet er ihn schon ziemlich dumm. Jedenfalls wundert es ihn nicht, dass Eva damit nichts anfangen kann.

„Ich meine, kann das Leben funktionieren, wenn alle Menschen nur ihrer Lust und dem zur Zeit Angenehmen folgen? Was würde dann aus Pflicht, Verantwortung oder Treue? Könnten Menschen ohne sie auf Dauer glücklich sein?“

Sie zuckt mit den Achseln und macht zu Dirks Erleichterung nicht den Eindruck, als möchte sie das Thema mit ihm diskutieren. Sie gehen weiter. Hier im Birkenwald hatte auch Eva seinen Atem stocken lassen, genauso wie Carmen Fournacon auf dem Rathausplatz. Dirk sucht in sich die Gefühle, wie sie seine Sinne betörte, als er sie das erste Mal küsste. Er spürt, dass das Feuer der Liebe nicht erloschen ist, es hat sich nur verwandelt. Es ist die Energie, die uns auf dem richtigen Weg durch die Welt führt.

Eva hat sich an dem starken Arm ihres Mannes untergehakt. Sie gehen weiter, ohne ein Wort zu reden. Nach einer Weile bleibt Dirk stehen. Mit einem tiefen Seufzer sagt er: „Mit der Arbeit habe ich wohl auch meinen Freund verloren.“ Eva hakt Dirk wieder ein, sie gehen weiter. „Werner und ich haben so viel gemeinsam erlebt. Wie kann er mich so trocken abblitzen lassen?“ Dirk schaut Eva an, als sollte sie ihm die Antwort sagen, aber sie spürt, dass es klüger ist, nichts zu sagen. Sie kann an seiner Situation ohnehin nichts ändern. „Wusstest du, dass ich mit Werner schon im Urlaub war, bevor wir damals in der Türkei waren?“ Er sieht Eva an, und obwohl er diesmal wirklich eine Frage an sie gerichtet hat, schaut sie nur flüchtig auf den Boden. „Einen Chef wie Dr. Grothe kann man nur mit einem echten Freund ertragen.“

„Aber du bist seit einem Jahr nicht mehr im Institut“, sagt Eva ohne jedes Mitleid in der Stimme. Sie hat eher den Tonfall eines zornigen Wanderpredigers. „Wenn Werner es ohne dich aushält, dann ist es seine Entscheidung. Natürlich überrascht es mich auch, aber die Welt geht davon nicht unter.“

„Du hast ja recht.“ Dirk nimmt ihren Arm, obwohl sie schon eingehakt gehen, noch fester an sich. „Aber wir hatten so viel Spaß miteinander. Weißt du noch, mein Programmfehler mit der Birke, der …“ Dirk schaut nach oben und bleibt plötzlich stehen.

„Was hast du, Dirk? Dirk!“

Er hat ihren Arm losgelassen und steht regungslos da, den Blick starr nach oben gerichtet. Sein Gesicht ist bleich.

„Dirk!“ Eva ruft seinen Namen energisch und bestimmt, wie eine strenge Mutter, die ihr Kind beim Namen nennt. Er steht immer noch ohne jede Regung da.

„Dirk, es reicht mir jetzt! Es muss auch irgendwann einmal gut sein mit der pausenlosen Selbstbemitleiderei. Wenn Werner den Kontakt mit dir abbricht, schade. Es tut mir auch leid, aber das Drama, das du jetzt veranstaltest, ist deiner nicht würdig.“

Sie stellt sich vor ihren Mann und wartet auf eine Reaktion. Sein Gesicht ist weiß, Dirk zittert, aber sein Blick bleibt starr in der Ferne haften. Er blickt durch Eva hindurch.

„Du Jammerstatue!“, schreit sie ihn an, aber nun kein bisschen streng, sondern voller Angst, als ob sie einem bösen Dämon gegenübersteht. Sie nimmt seinen Ärmel und zieht ihn wie einen Betrunkenen nach Hause.

Dirk liegt auf dem Sofa. Er hat seit dem Birkenwald noch kein Wort gesprochen. Er spürt eine große Leere in sich. Seine Gedanken kreisen um den Spaziergang. Wo war er eben mit Eva? Was ist die Wirklichkeit? Ist er durch Carmen nun ganz verrückt geworden? Als Dirk damals die Pflanzen für den Computerraum von Dr. Grothe programmiert hat, war sein erstes Programm die Birke gewesen. Erst als Werner Löb starke Winde programmiert hatte, bemerkten sie, dass bei der Birke die obersten Blätter gegen den Wind -- und nicht mit dem Wind -- geneigt waren. „Das muss ich richtigstellen“, sagte er damals zu Werner. „So kann meine Birke doch nicht bleiben.“ Aber Werner sagte: „Warte doch mal, ob Dr. Grothe den Fehler auch bemerkt, der hat doch immer so einen Drang zur Perfektion.“ Dr. Grothe hat den Fehler nie bemerkt, er ist noch heute im Programm.

Alle Birken im Cyberraum verhalten sich fehlerhaft, und nur weil die Blätter der Birke so klein sind, fällt es auch erst auf, wenn man ganz konzentriert hinschaut. Kein Mensch hat den Fehler je bemerkt und auch Dirk selbst ist es die letzten Jahre gar nicht mehr aufgefallen.

Wenn Werner oder Dirk vom Doktor wegen irgendeiner Kleinigkeit getadelt wurden, weil ihrem Chef etwas nicht perfekt genug erschien, dann sahen sie sich an und flüsterten: „Ich sag nur Birke.“ Dr. Grothe verstand kein Wort und ließ sie in Ruhe. Dirk und Werner lachten dann über seine Perfektion.

„Ja, ja, die Birke“, denkt Dirk.

Er springt auf und läuft ohne ein Wort aus der Wohnung. Er nimmt sein Fahrrad und fährt noch einmal in den Birkenwald. Es ist fast windstill geworden. Der Duft der Natur ist auf einmal so fremd. „Ist es ein Traum?“, sagt er zu sich. Dirk steht wie versteinert im Birkenwald und starrt in die Baumkronen. Die Luft streichelt seine Haut. Die Blätter der Birke rascheln sanft durcheinander.

Dirk bemerkt nicht, wie die Zeit vergeht. Er bemerkt die alten Damen nicht, die kopfschüttelnd mit ihren Skistöcken einen Bogen um ihn walken. Er bemerkt die Jungen nicht, sie rennen mit einem Fußball durch den Park, zielstrebig der großen Wiese entgegen.

Die Blätter der Birken rascheln weiter. Dirk steht. Er wartet. Dann ein kleiner Windhauch. Dirk fröstelt. Es ist ihm, als stünde er nackt im Wind. Alle Blätter der Birken rascheln jetzt stärker durcheinander.

„Du bist verrückt“, hört er sich leise sagen.

Doch dann streift eine Böe durch den Wald und eine Gänsehaut überzieht seinen Körper. Die ersten Blätter an den Spitzen der Äste biegen sich wieder gegen den Wind.

„Mein Fehler, es ist mein Programm. Mein Gott!“ Dirk hört sich schreien. „Hast du das gesehen?“

Er nimmt sein Fahrrad und tritt wieder nach Hause. Die Straße, die Häuser, die Schilder, die Menschen, alles läuft wie der Abspann eines Films an ihm vorüber. Dann liegt er wieder auf dem Sofa und starrt erneut an die Decke.

„Die Welt ist falsch“, denkt er und schaut auf seine Hände. „Aber die sind doch echt, es sind meine Hände.“ Er beißt sich in den Unterarm und fühlt den Schmerz. Sein Biss erzeugt zwei Halbkreise auf der Haut, jeder Zahn ist als deutlicher Abdruck zu erkennen. „Ist das virtuell?“, fragt er sich. Er wackelt mit seinen Fingern, als ob er sich ein Kindertheater vorführt. Es ist schon lange her, dass Hände im Cyberspace unwirklich aussahen. Er erinnert sich an den ersten Marylin-Monroe-Film, der nach ihrem Tod gedreht wurde. Es war noch eine Computeranimation, die tot und leblos wirkte. Aber schon bald waren die Personen im Cyberspace so realistisch, dass man sie von wirklichen Menschen nicht unterscheiden konnte. Heute werden Schauspieler im Film für wirklich ergreifende Szenen vom Computer gedoubelt.

„Sind es wirklich meine Hände?“

Dirk liegt still. Er blättert wie in einem Daumenkino Bild für Bild seines Lebens rückwärts ab. Dr. Grothe hat immer versucht, das Gehirn des Menschen vollständig in die Computerwelt zu integrieren. Alle seine Bemühungen waren stets auf dieses große Ziel ausgerichtet, die ganze Zusammenarbeit mit Prof. Flemming, alles hatte nur einen Sinn. Für die Besucher des Cyberraums, die mit RGB-Linsen und BCV-Helm an den Computer angeschlossen wurden, ist die virtuelle Welt immer realistischer geworden.

Als die Schnittstelle endlich fertig war, um Gerüche und Tasteindrücke über den Hauptnerv ans Gehirn zu senden, sagte Dr. Grothe damals stolz, dass ein normaler menschlicher Verstand es eigentlich nicht mehr unterscheiden kann, in welcher Welt er lebt.

Dirk versucht sich an seine Kündigung zu erinnern. Dr. Grothe hatte immer wieder im Scherz gesagt, Werner und er gehörten zum Institut wie das Mobiliar, sie könnten gar nicht woanders arbeiten. Wie war es, als er innerlich zitternd an Dr. Grothes Schreibtisch saß?

Bei der Besinnung auf diesen Moment befällt Dirk erneut ein tiefes Gefühl des Unbehagens und der Angst. Dr. Grothe war so übermächtig. „So, Sie werden uns verlassen", sagte er, „das ist aber schade. Haben Sie schon eine neue Stelle?" Er erinnert sich an die Worte seines Chefs, aber es war zu einfach, überlegt Dirk.

Die Kündigung bei Dr. Grothe war zu einfach. Wo war Eva zu diesem Zeitpunkt? Sie waren zusammen zum Institut gefahren. Wo war Eva? Er sucht in seiner Erinnerung, aber ihm fehlen die entscheidenden Momente.

Als er zu Hause im Sessel saß, kam Eva herein. Er sagte ihr, er habe bei Dr. Grothe gekündigt. Aber sie waren doch zusammen im Institut, warum erzählte er ihr, dass er gekündigt habe? Oder waren sie nur ein Stück gemeinsam gefahren? Wie kam er von Dr. Grothe nach Hause?

„Mein Gott, ich habe es vergessen", hört Dirk sich rufen.

„Ich habe das Institut nicht verlassen", sagt er, diesmal leise, fast flüsternd.

In ihm tauchen Bilder seiner Kindheit auf, wie er als Kind beim Vater die Schläge für irgendeine Dummheit kassiert hat. Er erinnert sich noch heute an die Momente, als er die Stube wieder verlassen durfte. Das Gefühl der Erleichterung, wieder in Freiheit zu sein.

„Ich wüsste es bestimmt noch, wenn ich nach der Kündigung vor dem Institut gestanden hätte. Ich habe das Institut ganz sicher nicht verlassen.“

Aber er war zu Hause. Eva war nicht da, er weiß noch, wie er auf sie gewartet hat.

Dirk spürt seinen Körper nicht mehr. Wie aus 1000 Meter Höhe sieht er das gleiche Daumenkino wieder vorwärts laufen.

„Ich bin tot!“, denkt er. „Ich bin tot und er hat mich umgebracht. Er hat seinen Traum wahr gemacht. Ich bin seine Maschine. Ich sehe seine Welt, unseren Computer. Meine Birken. Werners Wind. Prof. Flemmings Gehirnbilder. Dr. Grothe wird sich freuen, weil es funktioniert. Ich lebe, wird er sich freuen, weil ich noch funktioniere. Aber ich bin tot.“

Wie betrunken stürzt Dirk wieder aus dem Haus. Er rennt planlos durch die Straßen. Schlägt wie krank aus heiterem Himmel gegen Hauswände, haut gegen die Laternen am Straßenrand. Seine Hände schmerzen. Er bleibt stehen und sieht, wie sie bluten. Ein dunkler roter Tropfen läuft gemächlich über seinen Handrücken und hinterlässt eine rote Spur, in der sich das Neonlicht der Stadt spiegelt.

Dirk schaut sich das Blut genau an. „Flüssigkeit“, lacht er weinend, „Flüssigkeit zu programmieren war nicht einfach.“

Die Programmtests vergangener Tage werden mit jedem Tropfen Blut aus seiner Erinnerung gespült. Das Programm hat Werner geschrieben und er hat die Spiegelung an dickflüssigem Honig getestet. Mit anderen Parametern wurde es durchsichtiges Wasser oder auch dickes schwarzes Rohöl.

Er verfolgt den nächsten roten Tropfen und sagt: „Unser Programm ist wirklich gut, es kann eben auch Blut.“

Dirk ist müde, er hat gar nicht recht wahrgenommen, dass er zusammengebrochen ist und auf dem Gehweg liegt. Noch im Liegen scheint er sich nur für seine Hände zu interessieren. Irgendwann steht er langsam auf und geht über die Straße. Es ist eine mäßig befahrene vierspurige Straße. Er sieht in der Ferne einen Lkw auf sich zufahren. Dirk bleibt stehen. Als er in den Lichtkegel des Lastwagens kommt, bremst der Fahrer geistesgegenwärtig und rutscht in Schlangenlinien auf den Fußgänger zu, der mit aufgerissenen Augen immer noch mitten auf der Straße steht.

Dirk hat Angst. Der Lkw kommt fast quer zur Straße wenige Zentimeter vor Dirk zum Stehen. Der Fahrer ist bleich vor Schreck. Er öffnet die Fahrertür, schreit Dirk von oben an, ob er wahnsinnig sei. Dirk macht einen kleinen Bogen um das Führerhaus und geht langsam und unbeteiligt weiter. Hinter ihm schimpft der verärgerte Fahrer mit lauter Stimme, aber Dirk geht weiter, ohne sich nach ihm umzusehen.

„Bin ich jetzt wahnsinnig?“, fragt er sich mit erstickter Stimme, während der Lkw langsam seine Fahrt fortsetzt. „Nein, ich bin nicht wahnsinnig, ich wollte mich doch nur umbringen.“

Dirk fängt an zu rennen. Er rennt immer schneller, sein Herz pocht. Er kommt nach Hause und öffnet die Wohnungstür. Er bleibt auf der Schwelle stehen und sieht die Treppenstufen hinab. Er macht sich den Weg bewusst, den er eben gelaufen ist.

„Ich bin doch verrückt geworden“, denkt er sich. Er geht in die Wohnung und murmelt: „Ja, so muss es sein, ich bin verrückt.“

„Hast du etwas gesagt?“, ruft Eva aus ihrem Arbeitszimmer. Dirk erschrickt über die vertraute Umgebung. Er durchstreift seine Wohnung wie ein Besucher, der auf den Hausherrn wartet. Er betrachtet die Bilder an der Wand, als sei er in einem Museum. Er betrachtet die Dekoration auf der kleinen Anrichte, die Eva liebevoll aufgebaut hat und mindestens einmal im Monat wechselt.

Eva steht in der Tür zu ihrem Zimmer und fragt: „Alles okay?“

„Ja, schon gut“, sagt er und legt sich im Wohnzimmer aufs Sofa und starrt wieder an die Decke.

Eva setzt sich neben ihn. Er sieht sie an. „Geht es dir wieder besser?“, fragt sie.

„BCV“, sagt er.

„Wie bitte?“ Eva ist irritiert, erst jetzt bemerkt sie das Blut an seinen Händen. Sie holt warmes Wasser und einen Waschlappen. „Was hast du gemacht?“, fragt sie, während sie seine Wunden wäscht.

Dirk antwortet nicht. Er sieht sie nur an und überlegt, wie ihr Bild wohl in sein Gehirn kommt. Er ist sicher, dass auf seinen echten Augen RGB-Linsen sind. Er lässt seine Pupillen langsam hin und her wandern. Als er damals bei der Arbeit am Institut mit BVC-Helm und RGB-Linsen im Cyberraum war, erschien es ihm zunächst auch unheimlich, dass von der Virtualität, von der er wusste, nichts zu spüren war.

Er nimmt die erste gesäuberte Hand und ertastet Evas Gesicht, wie ein Blinder, der das Sehen lernt.

„Schön“, sagt sie, „schön machst du das.“

„Wer bist du, Eva?“

Dirk versucht sich eine Vorstellung von der anderen Welt zu machen. Was hat der Mörder noch von ihm übrig gelassen? Er sieht vor seinem inneren Auge Gehirne in Reagenzgläsern oder abgeschlagene Köpfe wie auf einem mittelalterlichen Schlachtfeld.

Er hat nun auch seine zweite Hand gesäubert zurückbekommen und streicht mit zarten Fingern über ihr langes

Haar. „Ich liebe dich so sehr …“, sagt er und schaut in ihr sorgenvolles Gesicht.

„Wer ist sie?“, denkt er noch einmal still für sich. Sie sind zusammen zum Institut gefahren. Sie hätte ihn irgendwann abgeholt. Wer würde ihn noch vermissen, wenn er plötzlich verschwände?

Dirk konzentriert sich auf den Tag seiner Kündigung, er versucht sich an jedes Detail zu erinnern. Hat Dr. Grothe Eva auch umgebracht? Ist sie auch in seinem Computer gefangen?

„Bist du wirklich meine Eva?“, fragt Dirk laut.

„Ja“, antwortet sie, „wem sollte ich wohl sonst gehören?“

Ihre Hand streichelt über seinen Körper. Er schließt die Augen und versucht seine rasenden Gedanken zu bremsen.

Er konzentriert sich auf ihre Berührung und glaubt ihre Angst zu fühlen. Die Angst einer Frau, die weiß, dass ihr Mann Hilfe benötigt, die ihm aber niemand auf der Welt, selbst sie nicht, geben kann. Sie knetet seine Waden und streicht über seine Beine, während er mit geschlossenen Augen daliegt. Mit jedem Atemzug wird er ruhiger. „Sie ist so schön“, denkt er und öffnet einen kleinen Spalt seine Augen. Dirk fühlt sich seit ihrem Spaziergang im Birkenwald das erste Mal wieder etwas entspannt.

Sollte er ihr von den Birken erzählen? Sollte er sie fragen, wo sie war, als er im Institut gekündigt hat? Kann Dr. Grothe seine Gedanken überwachen? Plötzlich ist die Ruhe wieder weg und Angst jagt erneut wie eine Rakete durch seinen Kopf. Wie reagiert Dr. Grothe, wenn er bemerkt, was er alles weiß?

Am nächsten Morgen wacht Dirk schweißgebadet auf. Er legt sich auf die Seite, seinen Blick starr an die Wand gerichtet. Er wollte sich gestern umbringen, denkt er. Auf seinem Gemüt liegt eine Mischung aus schlechtem Gewissen und Resignation. Er schließt noch einmal die Augen. Was macht es für einen Sinn, sich umzubringen, wenn man schon tot ist?

Es scheint so, als ob Dr. Grothe entscheidet, ob er sterben darf oder nicht. Der Lkw, der Fahrer, alles, was in der Welt passiert, ist programmiert. Zufall, Schicksal, ist alles schon fertig? Kann er sich überhaupt töten? Würde der Computer seinem Gehirn den Sauerstoff abstellen, wenn er sich ersäufte?

„Was hast du?“, fragt Eva und umarmt ihn von hinten.

„Ich habe nur dich“, sagt Dirk leise, während er sich zu ihr umdreht.

„Und du hast deine Arbeit“, antwortet sie. „Aufstehen!“

Wie eine Maschine steht Dirk auf. Zieht sich an. Trinkt Kaffee. Geht. Dr. Grothe darf noch nichts merken, denkt er den ganzen Tag, wenn es nicht schon zu spät ist. Er muss herausfinden, was Dr. Grothe schon über ihn weiß.

„Hat er bemerkt, dass ich ihn durchschaut habe?“

In Dirk erwacht ein wenig neuer Lebensmut. Er will den Computer, der ihn lenkt und den er zum großen Teil mit programmiert hat, verstehen. Er muss herausbekommen, ob auch Evas Gehirn an der Maschine hängt oder ob sie auch nur eine Person des Cyberspace ist. Er will herausbekommen, was Dr. Grothe an ihm untersucht. Welche Aufgabe hat der Computer, dem sein Leben geopfert wurde?

Dirk kennt die Rechner, die Dr. Grothe am Institut eingesetzt hat, sehr genau. Er weiß um die Datenverbindungen, die nötig sind, um die verschiedenen Sinne des Menschen mit der Software zu koppeln. Die Bilder, die im Gehirn gespeichert sind, können sehr einfach ausgelesen werden, aber neue Gedanken des Gehirns verstehen konnte ein Computer bisher nicht. Wenn nichts Entscheidendes entwickelt wurde, dann kann Dr. Grothe nur sein Handeln beobachten. Aber sehen, was er denkt, das kann das System hoffentlich noch nicht.

Nach der Arbeit geht Dirk zu Fuß nach Hause. Er kommt an der Kirche vorbei, in der er konfirmiert wurde. Er bleibt stehen und sieht an dem langen Kirchturm in die Höhe. So als folge er einem Befehl, ändert er seine Richtung und geht gezielten Schrittes auf den Haupteingang zu. Leise betritt er die heilige Stille der Kirche. Etwa in der Mitte des Hauptschiffes nimmt er auf einer der alten Holzbänke Platz.

Der Duft von Weihrauch und brennenden Kerzen umhüllt sein Gemüt. Er erinnert sich an die vielen Gespräche über Gott und die Welt, die er als Konfirmand in dieser Kirche geführt hat. Viele Fragen, die er als Jugendlicher fragen durfte, sind, als hätten sie hier auf ihn gewartet, wieder da.

„Wie erkenne ich den Schöpfer dieser Welt?“, fragte er hier vor langer Zeit. Der Pfarrer gab ihm zur Antwort, dass das Leben selbst das Zeichen für Gottes Wirken ist. Er dreht langsam den Kopf, als suche er das Leben um ihn herum.

„Glaube ich eigentlich an Gott?“ Dirk denkt die Frage und spürt überraschend ihren tiefen Sinn. Seit seiner Konfirmation hat er sich diese Frage nie wieder ernsthaft gestellt. Er bezahlt die Kirchensteuer, und wenn seine Mutter am Sonntag eine Begleitung zur Kirche sucht, geht er mit ihr hin und wieder hin. Aber glaubt er deswegen an Gott? Dirk sieht sich noch einmal, aber sehr langsam, um.

„Leben“, flüstert er dabei leise vor sich hin. Was hat sich eigentlich verändert? Wenn er sein Birkenprogramm in dem Wäldchen nicht gefunden hätte, würde er bis heute nicht merken, dass sein Leben nicht das wahre Leben ist.

„Das Leben ist Gottes Wirken“, wiederholt er die Worte des Pfarrers. „Ist Dr. Grothe jetzt mein Gott?“

Sein wandernder Blick streift das Kruzifix. Er faltet wie automatisch seine Hände und fühlt sich dem am Kreuz Sterbenden seltsam eng verbunden. Kam nicht auch er aus einer anderen Welt? Wie künstlich muss unsere Welt für jemanden sein, der aus dem Himmel kommt …

Dr. Grothe hat seine Welt erschaffen, er entscheidet über Leben und Tod. Er ist in seiner Hand.

Nach einer Weile erhebt sich Dirk von seiner Bank und geht langsam zum Ausgang. Kurz vor dem Portal dreht er sich nochmals zu dem Gekreuzigten um, als wolle er seine Gedanken am Ausgang nicht verlieren. Wir kennen Gott als den Schöpfer unserer Welt. Er schuf sie in sieben Tagen, auch unseren Birkenwald.

Es sind uralte Erkenntnisse, die er in seinem Gemüt bewegt, aber in einer für ihn neuen Welt sind es ihm nun kostbare Eingebungen. Hätte er je erfahren, wie es um seine Welt bestellt ist, ohne den Birkenwald? Würde er je glauben, dass seine Mutter nur eine von ein paar tausend Personen ist, die in diesem Computer programmiert sind? Er erschrickt über seine eigenen Gedanken.

„Mutter“, flüstert er leise und eine eiskalte Gänsehaut überzieht seinen Körper. Wie geht es seiner echten Mutter, welche Qualen hat sie seinetwegen durchgemacht? Ist sie auch gerade in dieser Kirche und betet für ihn?

Und was ist mit Eva, wo ist Eva? Er steht immer noch mit dem Rücken zur Tür, den Blick auf das Kreuz gerichtet. Könnte er Eva so lieben, wenn sie nicht seine Eva wäre? Er dreht sich um und spricht: „Ich würde es merken.“

Durch die schwere Eisentür verlässt er die Kirche. Nein, nein, nein, denkt er noch einmal mit jedem Schritt, ein Programm würde er niemals lieben. „Ich würde es merken“, murmelt er mehrmals vor sich hin.

Er geht die Hauptstraße entlang und durchlebt im Takt seiner Schritte noch einmal den Aufenthalt in der Kirche. Aber ohne die feierliche Stille, unter dem blauen Himmel und im geschäftigen Lärm der Stadt, erscheint ihm die gleiche Welt von einer ganz anderen Seite.

Als hätte er hier unter all dem von Menschen erdachten Tand etwas Göttliches entdeckt, spricht er leise mit sich selbst: „Dr. Grothe ist nicht Gott.“ Und als müsste er diese Erkentnis in seinem Kopf verankern, stampft er seine Schritte kräftiger auf den Gehweg und sagt: „Nein, nein, nein. Der Doktor ist nicht vollkommen.“

* * *

„Bitte schön, hier ist die Auswertung.“ Werner Löb übergibt Dr. Grothe eine Diskette. „Wir haben eine Häufung von Fehlern im Datenmodell. Sollten wir nicht einen Neustart über den ganzen Cyberspace machen?“ Werner sieht seinen Chef bei dieser Frage gespannt an.

„Das ist nicht nötig, Herr Löb“, antwortet Dr. Grothe entschieden. „Solange Herr Schröder mit Ihren Auswertungen zurechtkommt, gibt es keinen Handlungsbedarf.“

„Sollte ich die Fehler nicht einmal mit Alex persönlich durchgehen? Die ganze Konfiguration wirkt jedenfalls sehr instabil.“

Seit dem Abend mit Gabriele ist Werner auf das nächste Zusammentreffen mit Alexander Schröder richtig gespannt. Werner möchte zu gerne wissen, wo er jetzt arbeitet. Er hatte, als er neu an das Institut kam, einige sehr unerfreuliche Auseinandersetzungen mit Alexander gehabt und deshalb die weitere Zusammenarbeit mit ihm abgelehnt. Danach ist er ihm noch ein paarmal flüchtig auf dem Flur begegnet, aber alle dienstlichen Dinge laufen seitdem nur noch über den Doktor.

Eigentlich arbeitet Gabriele immer noch mit ihm zusammen, das dachte er jedenfalls bis zum Abend bei Monelli. Sie arbeitet hinter der Tür, in die er nicht hineindarf, und aus dieser Tür kommt Dr. Grothe mit den Disketten von Alexander zurück. Aber sie vergaß Alex bei der Aufzählung der Institutsmitglieder.

„Es war doch Ihr Wunsch, Herrn Schröder nicht mehr zu begegnen, nicht wahr, Herr Löb?“ Dr. Grothes Ton ist vorwurfsvoll und streng.

„Gewiss doch, Herr Doktor. Ich sorge mich nur um die Qualität unserer Arbeit.“ Werner neigt seinen Kopf nach vorne, als suche sein Blick den Fußboden ab. „Es gibt in der Auswertung einige Events, die mit meinen Programmen eigentlich nicht vorkommen dürften. Aber ich finde dafür keine Erklärung. Wenn ich wüsste, welche Änderungen zum Beispiel an den Personendaten vorgenommen wurden …“

Werner schiebt seine Nickelbrille wieder richtig auf die Nase und verlangsamt seinen Satz, während er nun Dr. Grothe in die Augen sieht.

Väterlich legt der ihm die Hand auf die Schulter und sagt: „Keine Sorge, Herr Löb. Ihre Programme arbeiten ganz hervorragend. Aber wie Sie schon bemerkten, haben wir einige neue Module von Prof. Flemming in unseren Cyberraum integriert. Herr Schröder hilft uns bei der Integration, und aus seiner Sicht ist alles im grünen Bereich. Machen Sie sich also keine Sorgen.“

Er klopft Werner dabei ein paarmal auf die Schulter und geht dann zur Tür. In der Tür dreht er sich noch einmal um.

„Ach ja, Herr Löb, nächste Woche kommt wieder eine Besuchergruppe. Bitte achten Sie darauf, dass nichts herumliegt.“

„Geht klar, auf Wiedersehen.“ Werner hebt die Hand lässig zu einem Gruß.

* * *

Dirk verspürt Kampfeslust in sich, er hat den Sinn für sein Leben wiedergefunden. „Wie funktioniert die Welt?“ Diese Frage will er lösen, er möchte den Kampf mit Dr. Grothe aufnehmen, aber wie? Er möchte wissen, ob Eva auch in dem Computer gefangen ist. Aber er fühlt sich bei dem Gedanken so machtlos. Wie kann er in ein Computerprogramm eingreifen, von dem er selbst nur eine Ergänzung ist?

Er ist ein Stück der großen Software, die er mit Werner Löb gemeinsam entwickelt hat. Er dreht sich noch einmal zur Kirche um. Sein Blick fährt die vielen Details der Barockfassade Stück für Stück ab. Die ganze Stadt ist dreidimensional gespeichert, bei den Wanderungen im Cyberraum war schon lange nicht mehr zu sehen, dass man sich in einem Computer befindet.

Aber Dirk überlegt, ob wirklich schon jedes kleine Detail der Welt programmiert sein kann. Es muss ein Geheimnis geben, warum er so lange nicht bemerkt hat, wo er in Wirklichkeit ist. Er geht den Gehweg entlang. Alles, was ihm durch Erfahrung schon von der Welt bekannt ist, wird der Computer vermutlich mit dem BCV-Verfahren lesen. Alle Bilder in seinem Gehirn, seine Erlebnisse und sein Wissen kann die Software verwenden und in die Realität, die er erlebt, integrieren.

Dirks Gang ist fröhlicher, er hebt die Arme im Gehen und dreht sich einmal um die eigene Achse. Er sieht die Geschäfte seiner Stadt, es sind hauptsächlich kleine Läden, aber auch ein Kaufhaus und schräg über die Straße ein Autohändler. Er dreht sich ein zweites und ein drittes Mal. Die Bäume am Straßenrand und jetzt weit hinter ihm die schöne Kirche verschwimmen durch seine Bewegung.

Er bleibt stehen und dreht langsam seinen Kopf und sieht die Welt mit einer Freude an, wie er sie noch nie erlebt hat. Alles wirkt so einmalig wunderbar. Der Himmel, die Bäume, die Sonnenstrahlen, wie sie aus den Wolken kommend Bilder malen. Dirk begreift, dass der Computer auch Bilder aus seiner Erfahrung verwenden muss, sonst würde er sofort bemerken, dass diese Welt eine falsche ist. Er geht nachdenklich weiter.

Die Arbeit als Programmierer bei Dr. Grothe kommt aus seiner Erinnerung zurück. Mit der Realität in seinem Kopf müsste er doch Einfluss auf seine Welt nehmen können.

Dirk ist zu Hause angekommen. Er bleibt vor seiner Haustür stehen, nimmt den Schlüssel aus der Hosentasche und will die Tür aufschließen.

Dr. Grothe hat seinen Haustürschlüssel bestimmt noch nie gesehen, trotzdem ist er jetzt im Cyberspace real. Er sieht seinen Schlüssel an, als sei es ein seltenes Schmuckstück. Er streichelt fast zärtlich das blanke Metall und fühlt am Daumen die Zacken, während der Zeigefinger an der glatten Kante bis zum Schlüsselring entlangfährt. Wie ein Kleinkind, das die Welt begreift, tastet er seinen ganzen Schlüsselbund ab. „Es ist wirklich mein Haustürschlüssel?“

Dirk dachte bisher, die Realität im menschlichen Verstand sei nur ein Abbild der äußeren Welt. Aber dieser Haustürschlüssel ist Realität geworden, als Abbild aus seinem eigenen Gedächtnis.

Er kneift seine Augen etwas zusammen und sagt zu der Haustür, als habe sie ihm eine Frage gestellt: „Wenn ich eine innere Realität in meinem Kopf erzeuge, dann wird sie auch Wirklichkeit im Cyberspace.“

Dirk macht die Tür auf, aber er bleibt plötzlich stehen und lässt die Tür vor sich wieder ins Schloss fallen. Nachdenklich sieht er an dem alten, schön gearbeiteten Holz herunter. Früher hat die Tür immer geknarrt. Seit wann knarrt sie nicht mehr? Dirk hat das Knarren der Tür nie gestört, nur Eva hat sich über diesen Zustand häufig beklagt.

Er schaut die Tür mitleidig an. Langsam, fast feierlich öffnet er sie noch einmal. Die schwere Holztür knarrt. Obwohl er dieses Geräusch gewohnt war zu überhören, erschrickt er diesmal fast zu Tode.

„Habe ich dir das Knarren zurückgeschenkt?“, fragt er, als ob er anfängt, sich mit seiner Haustür anzufreunden. Die

Erinnerung an das Geräusch hat der Computer über BCV gelesen und dann zur Wirklichkeit im Cyberraum gemacht.

In der Wohnung angekommen, legt sich Dirk auf sein Sofa. Er denkt an die Klinik von Prof. Flemming, in der auch viele geistig behinderte Menschen behandelt werden. Warum sind diese Menschen verrückt? Ihm fallen Geschichten von behinderten Menschen ein, über die er damals nur gelacht hat. Doch nun begreift er langsam, dass diese Patienten in einer eigenen Realität leben. Sie leben in einer Wirklichkeit, die eben nur andere Dinge von der Welt abbildet. Was diese Menschen über ihre Welt erzählen, kann von normalen Menschen nicht nachvollzogen werden.

„Bin ich verrückt geworden, weil ich meine Welt plötzlich anders begreife?“, murmelt er vor sich hin. Er liegt ganz ruhig auf dem Sofa und schaut im Zimmer umher. So viel hat sich doch gar nicht verändert. Aber er fühlt sich der Welt doch auf sonderbare Weise entrückt. Wie würden die Menschen im Haus reagieren, wenn er ihnen erzählte, dass die Tür nun wieder knarrt, weil er es mit der Kraft seiner Gedanken so gewollt hat?

Dirk spürt Scham bei der Vorstellung, dass andere ihn für verrückt halten könnten. „Man wird mich verspotten“, flüstert er und fühlt sich sehr einsam.

Er stellt sich die Nachbarn vor, wie sie lästern: „Er bildet sich ein, er habe eine Haustür hypnotisiert.“ Alle hielten ihn für bekloppt, dabei sind seine Nachbarn doch nur animierte Gebilde des Computerraumes, sie denken nicht, sie funktionieren nur irgendwie.

Dirk atmet tief durch. Er fühlt, wie angespannt sein Körper ist. Er atmet noch einmal bewusst weit aus und versucht seine Glieder zu entspannen. Auch wenn die Nachbarn unwirklich sind, leben sie doch auch in seiner Welt, und deswegen geht von ihnen eine geheimnisvolle Macht aus.

Er atmet jetzt ganz ruhig. Er spürt, dass seine Gedanken in eine bestimmte Richtung laufen, die ihm einen Weg aufzeigen wollen. Und wie ein Hammerschlag ist plötzlich wieder die Frage da: Wo ist Eva?

Wenn sie auch für Dr. Grothes Computerraum getötet wurde, dann besitzt sie noch ihre eigene innere Realität. Wenn sie aber auch nur eine programmierte Figur ist, dann stimmt ihre Realität mit der des Computers überein.

Er richtet seinen Oberkörper auf und setzt sich hin. Wie kann er prüfen, ob zwischen Evas Wirklichkeit und der Welt ein Unterschied besteht? Hat er nicht die ganzen Ehejahre hindurch versucht, die verschiedenen Wahrnehmungen von Mann und Frau zu begreifen?

Liebe und Zwietracht in einer Beziehung werden doch immer wieder dadurch genährt, dass der Partner so viele Dinge in der Welt anders sieht und versteht. Und nun soll sein männliches Verstehen den Beweis erbringen, ob sie eine richtige oder eine falsche Frau ist.

Dirks Überlegungen beginnen sich im Kreis zu drehen. Gibt es für ihn eine Möglichkeit, die wahren Gedanken seiner Frau zu erkennen? Er glaubte bisher, dass er sich mit seiner Frau gut versteht, aber jetzt ist er sich ihrer Gedanken nicht einmal sicher. Er spürt in seinem Herzen, wie sehr er diese Frau liebt. Sollte ihm diese Liebe nicht als Beweis genügen, dass es wirklich seine Eva ist?

Er lässt sich wieder rückwärts auf das Sofa fallen, und ohne wirklich nachzudenken, weiß er schon, dass ihn die Frage nie in Ruhe lassen würde. Da fällt ihm das Knarren der Tür wieder ein.

„Ich muss doch nur verrückt werden“, sagt er laut zu sich und setzt sich wieder auf. Er wiederholt: „Ich muss einfach nur verrückt werden.“

Dirk steht vom Sofa auf und geht im Zimmer herum. Er benötigt eine innere Realität für sich ganz alleine. Sie darf nicht als Abbild aus seiner äußeren Welt kommen. Er nimmt eine kleine Vase in die Hand und sieht sie prüfend an. Damit er einen wirklichen Beweis haben kann, muss er etwas praktisch Unmögliches mit seinem Gehirn erschaffen. Dieses Unmögliche muss aber theoretisch möglich bleiben, sonst würde sich das Programm weigern, es in das Datenabbild der Welt aufzunehmen.

Er stellt die Vase wieder hin. Der Computer soll eine neue Realität mit BCV aus seinem Kopf lesen und in die Wirklichkeit einarbeiten. Dirk weiß, je überzeugter er selbst von etwas ist, umso zwingender wird es Einfluss auf die Welt haben. Aber was könnte das neue Unmögliche sein? Dirk geht unruhiger im Zimmer auf und ab.

„Computer“, sagt er, um sich Mut zu machen, „ich werde dich verändern!“

Aber womit? Was er auch ansieht, es ist schon alles vorhanden. Die Vase, der Sessel. Er sieht aus dem Fenster auf die Straße. Die Autos wären im Mittelalter etwas herrlich Unmögliches gewesen, aber jetzt sind sie schon Wirklichkeit. Er sieht die Bäume am Straßenrand, einen Hund, der gerade sein Bein hebt.

Eine ältere Dame lässt sich aus der Auslage im Blumengeschäft gegenüber einen Kaktus geben. Das bringt ihn auf die gesuchte Idee. Dirk stellt sich seinen Birkenwald vor und denkt sich, dass dort ein Kaktus steht. Ein großer Kaktus wie im Wilden Westen, mit roten Blüten.

Eva kommt nach Hause. „Diese blöde Tür“, sie wirft ihre Tasche in die Ecke. „Sie knarrt ja schon wieder.“

Abends im Bett denkt Dirk wieder an den Kaktus und am nächsten Tag bei der Arbeit unterhält er sich mit seinen Kollegen über die schönsten Plätze der Stadt, wo man gut mit dem Fahrrad fahren kann. Dirk sagt: „Der kleine Birkenwald mit dem schönen Kaktus ist für eine Radtour wie geschaffen.“ Er bemüht sich, so normal wie möglich zu erzählen, und ein Kollege ergänzt: „Ja, besonders jetzt, wo er so schön blüht. Ich war am Wochenende mit meiner Frau dort. Es ist ein schöner Anblick.“

Dirk freut sich. Ein Kollege fängt an, von dem Birkenwald mit Kaktus zu schwärmen. Dirks Herz macht einen Freudensprung bei dieser Antwort.

Nach der Arbeit fährt er sofort zum Birkenwald. Er schiebt sein Rad einen kleinen Weg entlang und biegt an dessen Ende ab. Dirk zuckt zusammen. Vor sich sieht er den großen Kaktus stehen. Er grinst. Sein Körper zittert, erfüllt von einem inneren Lachen. Er umschleicht den Kaktus und fühlt seine spitzen Stacheln. Er ist wirklich groß und hat rote Blüten.

„Ich habe gewonnen!“, brüllt er, die Arme in den Himmel gestreckt. Er reibt sich vergnügt die Hände. Dirk wusste, dass das BCV-Verfahren noch nicht so weit entwickelt ist. Der Computer hatte keine Chance, sich diesem Kaktus entgegenzustellen. Aber ihn jetzt mit eigenen Augen zu sehen, erfüllt sein Herz mit solcher Freude, dass er hüpfend und pfeifend den kleinen Weg zurückfährt. „Nun steht im Birkenwald ein Kaktus. Ein echter Kaktus, der piekt. Ich kann die Welt durch meine Gedanken verändern. Ich denke, und was ich denke, wird Welt.“

Dirk kommt zu Hause an. Eva sitzt an ihrem Schreibtisch und arbeitet. Er zieht seine Schuhe aus und stellt sich hinter ihren Stuhl. Er schaut auf ihre Zettel, seine Hände massieren liebevoll ihren Nacken.

„Du, Eva“, sagt Dirk, „beschreibe mir doch einmal unseren Birkenwald.“

„Was soll das?“, fragt Eva mürrisch, ohne ihre Aufmerksamkeit von der Arbeit zu lassen.

„Bitte.“ Dirk setzt sich auf das Sofa. Aber er sieht Eva immer noch gespannt an.

„Da sind Birken im Birkenwald“, antwortet sie trocken und etwas genervt.

„Ist da auch eine Palme?“ Dirk klammert sich unbewusst am Sofarand fest.

„Lass mich in Ruhe, du Schwachkopf.“ Eva hat keine Lust auf so komische Spielchen, wenn sie arbeitet.

Er steht auf und ruckelt unruhig an ihren Schultern, die er eben noch so zart geknetet hat.

„Ist dort noch etwas außer Birken? Eine Palme, ein Kaktus oder ein Gummibaum?“

„Dirk, was soll der Quatsch!“ Eva nimmt seine Hände von ihren Schultern und blickt nun doch zu ihm hoch.

„Bitte!“, sagt er eindringlich.

Eva sieht in seine Augen und erinnert sich an seinen Anfall im Birkenwald. Sie erkennt, dass der scheinbare Spaß dieser Frage nur gespielt ist. In seinen Augen ist Angst. Kommt der Dämon, den sie im Birkenwald gesehen hat, nun wieder?

„Es sind Birken im Birkenwald.“ Ihre Aufmerksamkeit ist jetzt ganz ihrem Mann zugewandt. „Sonst ist dort nichts. Bist du jetzt zufrieden?“ Sie sieht ihn aufmerksam an.

„Denk noch mal nach, was blüht dort jetzt?“, bohrt Dirk nach.

„Ich weiß nicht, worauf du hinauswillst, ich weiß nicht, was jetzt dort blüht. Meinst du irgendwelche Büsche?“ Eva antwortet mit besorgter und zugleich kindlicher Stimme, als müsse sie ein schwieriges Rätsel lösen.

„Ein Kaktus?“ Dirk versucht die Frage so normal wie möglich klingen zu lassen.

„Ich verstehe dich nicht, mein Schatz. Hast du neulich, als wir im Birkenwald waren, einen Kaktus gesehen? Warst du deswegen so verstört?“

Er geht zurück ins Wohnzimmer und setzt sich wieder auf das Sofa. Er bleibt dort eine Weile nachdenklich sitzen. Dann steht er auf, gibt ihr einen Kuss, nimmt seinen Mantel und geht zur Tür.

„Dirk, wo willst du hin?“ Ihr Ton ist verärgert.

„Ich fahre zu meiner Mutter, ich bin gleich wieder da.“

„Halt, bleibe doch bitte hier …“

Aber er küsst nur ihre Wange, als wäre sie ein Möbelstück, und eilt mit seinem Mantel durch die Tür. Eva steht noch einen Augenblick da und starrt die Tür an, als erwarte sie, er würde gleich wieder hereinkommen.

„Was soll ich nur machen?“

Als Dirk ging, ist sie langsam auf die Haustür zugegangen. Sie lehnt sich mit dem Rücken dagegen, als sie ins Schloss fällt. Hat sie sich ihre Ehe so vorgestellt? Früher sind sie verliebt durch die Felder gerannt, verliebt zum Tanzen gewesen, es war so schön, als sie in der Türkei geschwommen sind. Eva träumt sich in eine Zeit zurück, als ihre Liebe wie ein gewaltiges Himmelsgeschenk in jedem Atemzug zu spüren war.

„Es war doch die gleiche Welt wie heute. Wir sind doch die gleichen Menschen.“

Eva schluchzt. Sie geht in die Küche und holt sich ein Glas IsoDrink.

„Wir haben doch alles, was wir zum Glück brauchen?“

Sie blickt in ihrer Wohnung umher und genießt plötzlich alles, was sonst so alltäglich und selbstverständlich da ist. Während des Studiums haben sie von so einer Wohnung geträumt. Sie fuhren in den Urlaub, obwohl sie kein Geld hatten. Einfach mit einem Schlafsack und dem Daumen an der Straße. Sie träumten damals, sich einmal ein edles Hotel leisten zu können. Heute sind ihre Träume die Realität, denkt Eva bei sich.

Beim Anblick der schönen Wohnung verspürt sie einen kurzen, warmen Hauch der alten Gefühle von damals, der durch ihre Seele weht. Kann man ohne Träume noch glücklich sein?

Sie sieht zur Haustür, an der sie mit dem Glas in der Hand vorbeikommt. Haben Dirk und sie eigentlich noch gemeinsame Träume? Gibt es für Dirk überhaupt noch ein Ziel im Leben, das er mit ihr teilt?

Eva sieht die Tür an, als ob sie statt seiner die Fragen beantworten soll. Sie quält sich. Warum fährt er jetzt zu seiner Mutter? Seit ihrer Hochzeit besucht er sie eigentlich nur noch zu offiziellen Anlässen. Natürlich darf er seine Mutter besuchen, wann immer er möchte. Sie vertraut ihm auch, dass er wirklich zu seiner Mutter fährt. Aber was denkt er?

Sie lehnt sich wieder mit dem Rücken an die Tür. Dirks Blick, als er mit ihr im Birkenwald war, läuft in ihrer Erinnerung wie ein kalter Schauer über ihre Haut. „Es sind keine fröhlichen Träume, die uns verbinden. Sind die Engel der Liebe von bösen Dämonen vertrieben worden?“ Eva möchte Dirk mit guten Gedanken begleiten, aber wie kann sie es tun, wenn er seine Sorgen nicht mit ihr teilt?

Dirk beeilt sich. Seine Mutter wohnt etwa 20 Minuten mit dem Auto entfernt. Als sie bei einer Tasse Kaffee sitzen, sagt Dirk: „Mutter, du kennst doch den kleinen Birkenwald, wo Eva und ich so gerne spazieren gehen.“

„Ja, Kind. Da kann man wunderschön Fahrrad fahren. Radfahren ist sehr gesund für mein Rheuma.“

Bevor seine Mutter anfangen kann, weiter über ihre Krankheiten zu erzählen, unterbricht er sie. „Beschreibe ihn mir, bitte.“

Dirk wartet.

„Du kennst ihn doch viel besser als ich, dort ist doch nur der große Kaktus und die vielen Birken ringsherum.“ Die Mutter sieht Dirk an. „Du bist in letzter Zeit so merkwürdig, Junge. Du solltest mehr schlafen.“

„Ja, Mutter.“

„Du siehst schlecht aus, Eva kocht wohl nicht genug für dich.“

„Ja, Mutter.“

„Du kommst mich auch viel zu selten besuchen.“

„Ja, Mutter.“

Er schmunzelt innerlich. Mutter hat sich gar nicht verändert. Das Programm für die Mütter scheint im Cyberspace universell einsetzbar zu sein. Immer besorgt. Die perfekt programmierte Liebe.

Kurze Zeit später sitzt Dirk wieder im Auto. „Mutter ist falsch und Eva ist echt“, spricht er vor sich hin. „Meine Eva ist gemeinsam mit mir in diesem Experiment gefangen. Der Kaktus ist eine Realität im Computerraum, aber für Eva nicht.“

Dirk fühlt sich nicht mehr so alleine. Soll er Eva alles erzählen, sollt er sie fragen, wo sie war, als er bei Dr. Grothe gekündigt hat? Würde sie ihm überhaupt glauben? Was wäre, wenn sie gemeinsam in den Birkenwald gehen und er ihr das Programm zeigt? Wie würde der Computer diesen Moment aussehen lassen, wo doch jetzt der Kaktus dort steht? „Es geht nicht.“ Dirk hält inne. Sicher ist es eine Situation, die für den Computer als schlimmer Fehler eingestuft wird. Er darf nie mehr mit Eva in den Birkenwald gehen. Er würde Dr. Grothe sonst auf sich aufmerksam machen.

Er kommt in die Wohnung. Eva sitzt nicht mehr am Schreibtisch. Er geht leise ins Schlafzimmer. Eva ist mit einem Buch in der Hand eingeschlafen. Ohne seinen Blick von ihrem hübschen Gesicht zu wenden, nimmt er ihr das Buch aus der Hand und legt es beiseite. „Wie schön du bist, mein Engel“, flüstert er. Es ist, als sähe er sie zum ersten Mal.

Heute hat er erkannt, dass Eva der einzige Mensch auf Erden für ihn ist. Er zieht sich aus und blickt seinen nackten Körper im Spiegel an. Selbst der kleine Bierbauch ist nicht mehr er selbst. Dirk legt sich ins Bett und umfasst von hinten den schönen Körper seiner Frau. Er streichelt ihre Brust, die lustvoll auf seine Berührung reagiert.

Innerlich ist er nicht mehr so matt, er fühlt sich sogar seltsam entspannt. Aber die Lust, seine schöne Frau zu verführen, wird immer wieder von Überlegungen gestört, die ihm wie Blitze durch den Kopf fliegen.

„Wie geht es nun weiter? Ich muss Kontakt aus dem Rechner heraus finden. Ich will meine alte Welt aus dieser Maschine heraus erreichen. Ich möchte sehen, was von unseren Körpern übrig ist.“

Bei dieser Vorstellung gleitet sein Blick den nackten Körper seiner Frau entlang, und erotische Lust und Erregung bremsen seine schwermütigen Gedanken. Er zieht vorsichtig und langsam die Bettdecke nach unten, um seinem Blick auf ihre weiblichen Reize alle Hindernisse aus dem Weg zu räumen.

Eva schläft am liebsten nackt. Sie zieht die große Bettdecke wieder hoch, sodass ihre beiden Körper warm und ganz zugedeckt sind. „Mir ist kalt“, sagt sie, immer noch mehr schlafend als wach.

Er löscht das Licht und nimmt sie fest in seine Arme. Die Begierde, sie zu verführen, verfliegt in der Dunkelheit, weil ohne den Anblick des nackten Körpers seine Lust keine neue Nahrung mehr bekommt.

Und so kommen die bohrenden Fragen zurück, die sich eben noch dem Trieb geschlagen gegeben haben. Wie findet man einen Weg aus diesem Computer heraus? Es muss eine Verbindung in die andere Welt geben. Dirk fühlt sich wie ein Verschütteter nach einem Grubenunglück, der auf ein Zeichen von oben hofft. Die Gedanken quälen ihn, bis auch er endlich eingeschlafen ist.

Am nächsten Morgen wacht Dirk früh auf. Er geht in den Keller, weil er sich an seine Kiste mit den BCV-Unterlagen erinnert. Er sucht alle Informationen über den Computer heraus, den Dr. Grothe zuletzt bauen wollte. Vorgesehen war eine Einheit zur Spracheingabe, die Bildeingabe über BCV und immer noch die altmodischen Tastaturen und Bildschirme zur Überwachung.

Bis zu 2048 gleichzeitig arbeitende CPUs und ein Quanten-Hauptspeicher. Er überlegt, ob Evas und sein Gehirn über eine normale Datenleitung an den Computer angeschlossen sein können.

„Sind wir Teil eines ganz neuen Systems?“, überlegt Dirk. „Wie kann der Kontakt zur Welt überhaupt aussehen?“ Ihm kommen wieder seine Überlegungen aus der Kirche in den Sinn.

Ist Dr. Grothe jetzt doch sein Gott? Ist seine Kontaktsuche vergleichbar mit der Suche nach dem Himmel, als er noch in der realen Welt leben durfte? Wird man wirklich von Gott gesehen, oder kann man sich vor ihm verstecken?

Wie sieht ihn der Computer? Damit das Experiment Sinn macht, muss es Überwachungsprogramme geben, die Dr. Grothe von Eva und ihm berichten. Was wird ihm der Rechner erlauben? Was ist technisch alles möglich?

Dirk geht mit gleichmäßigem Schritt auf und ab. „Ich will sehen und anfassen. Aber was sehe ich, wenn ich in das

Institut fahre und mir unseren Computer ansehe, der uns gefangen hält? Woher weiß ich, dass ich nicht nur meine Vorstellung sehe, wie den Kaktus im Birkenwald? Kann ich meinen Kopf oder mein Gehirn sehen? Was ist noch von uns übrig?“

Dirk lacht bei der Vorstellung, dass er sich in einen Kaktus verwandeln könnte.

„Was ist?“ Eva kommt aus dem Badezimmer und wundert sich über seine Fröhlichkeit.

„Ich bin ein Kaktus.“ Dirk lacht und setzt sich aufs Sofa. Er zieht Eva blitzartig auf seinen Schoß und fängt an, sie zu kitzeln.

„Lass das, du Kaktus.“ Eva windet sich vor Lachen, sie rollen auf den Fußboden, sich kitzelnd, küssend und streichelnd. Dann holen sie den Sex nach, der gestern Nacht nicht so recht über sie kommen wollte.

„Eva“, flüstert Dirk, „ich bin so froh, dass du bei mir bist.“

* * *

Werner Löb sitzt am Schreibtisch und hört, wie auf dem Gang eine Tür zufällt. Je verbotener die eine Tür zu sein scheint, desto mehr fesselt sie seine Aufmerksamkeit.

Er geht zum Flur und begegnet wie zufällig Gabriele. „Na, Fräulein Dohrmann, alles okay?“

„Hallo Werner, klar doch.“ Gabriele geht mit einer großen Mappe in Richtung Klinik.

„Ist Alex da?“, fragt Werner.

„Wieso?“ Gabrieles Schritt wird nur wenig langsamer. „Warum müssen Frauen eine Frage immer mit einer Gegenfrage beantworten?“, ärgert sich Werner.

„Ich habe beim Aufräumen eine CD von Buddy Holly gefunden, das wäre doch was für ihn."

Sie bleibt stehen und sieht Werner an. „Ich glaube, wir reden von einem Kollegen, mit dem du nichts mehr zu tun haben wolltest." Sie geht weiter. An der Eingangstür angekommen, nimmt sie den großen Türknauf zwar in die Hand, dreht sich aber so zu Werner, als wolle sie ihm den Weg versperren, bevor sie die Tür öffnet.

„Und du möchtest mit Alex bei dir CD hören? Sag doch einfach, was du wirklich von mir willst."

„Wo ist die nette Kollegin, mit der ich neulich bei Monelli war?", denkt Werner. Aber sie hat recht, sein vorgeschobenes Anliegen war zu plump und offensichtlich unwahr. Aber warum zieht sie es gleich ins Lächerliche? Von zu Hause hat er doch gar nichts gesagt. Er wollte Alex die CD doch nur schenken.

„Na gut." Werner guckt ernst. „Ist Alex da drin?"

„Darf ich nicht sagen." Gabriele öffnet die Tür, im Gehen sagt sie noch: „Ich muss mich beeilen, morgen kommen wieder die blöden Besucher."

* * *

Am nächsten Tag geht Dirk nach der Arbeit spazieren, er schaut sich jedes Haus genau an. Der Computer, in dem sie leben, muss ein Bild von sich selbst bekommen. Mit einer Überwachungskamera zum Beispiel.

Er bleibt vor einem Laden stehen und sieht eine Videoanlage, die den Verkaufsraum überwacht. Wenn es so eine Kamera im Institut gäbe, dann hätte die EDV-Anlage ein Bild von sich selbst. Es bekäme eine höhere Priorität als sein Gehirn. Er geht weiter und schaut nach rechts und links zu den Häusern. Der Computer kennt den Stadtplan, zum Institut könnte er also gehen.

Seine Gedanken arbeiten auf Hochtouren. Die Computerwanderungen, die das Institut regelmäßig veranstaltet, wird es sicherlich noch geben. Sie finden in dem gleichen Computerraum statt, in dem er und Eva gefangen sind.

Dirk vermutet, dass sie immer noch vom Institut veranstaltet werden. Er lebt in der gleichen Welt, in die die Gäste des Instituts geschickt werden. Mit absoluter Sicherheit wurde dieses gigantische Computersystem nicht nur für Evas und sein Experiment geschaffen.

Dirk sieht die Kamera an, die in kurzen Abständen ein rot blinkendes Lebenszeichen von sich gibt. Wie sollte er eine Kamera in der anderen Welt anbringen? Er geht gesenkten Hauptes weiter. Es ist wohl doch unmöglich.

Aber vielleicht richtige Augen. Er muss versuchen, einen Menschen zu treffen, der von außen geleitet wird. Jemanden, der in der richtigen Welt noch einen Körper hat. Die Wanderungen durch den Cyberspace beginnen immer vor dem Rathaus, erinnert sich Dirk. Er geht nach der Arbeit nun immer über den Rathausmarkt.

Er sitzt auf der Bank, wo er neulich Carmen Fournacon getroffen hat, und sieht die Leute an.

Eine ältere Dame setzt sich neben ihn. „Wie erkenne ich einen wirklichen Menschen?“, fragt sich Dirk. Sein Blick wandert automatisch zum Balkon von Carmen. Als er die Welt noch für real hielt, war sie ihm wie ein Traum vorgekommen. Jetzt weiß er, dass er diese wundervolle Schönheit selbst mit seinen Wünschen erschaffen hatte. Die Sehnsucht, ihr zufällig zu begegnen, ist verschwunden. Die Erinnerung an diese Frau erzeugt in ihm Gefühle wie für einen Betrüger oder einen Dieb.

Sie hat seine intimsten Vorstellungen, seine geheimsten Gelüste geraubt, um sich selbst damit zu schmücken. Sie war sein Traum, der vorgab, Realität zu sein. Aber jetzt sucht er hier wirkliche Menschen, keine Carmen, keine Datenmodelle, keine Softwaredialoge.

Die Frage nach dem Kaktus wird nicht funktionieren, weil die Gäste glauben, dass diese Welt virtuell ist. Sie sehnen sich geradezu nach einem Unterschied zu draußen. Oder ist der Einstieg jetzt doch woanders? Hat Dr. Grothe neuerdings einen Sponsor und startet deswegen bei der KBSE-Arena? Seit einer Woche ist Dirk nun jeden Nachmittag am Rathaus und wartet.

* * *

In der Eingangshalle des Instituts versammeln sich die Gäste, die als Besucher einen Spaziergang durch den Cyberraum machen dürfen. Gabriele Dohrmann bietet Kaffee und einfache Kekse aus dem Supermarkt an.

„Köstlich, die Kekse“, bemerkt eine Frau.

Gabriele hakt die Teilnehmer ab. Heute stehen drei Personen auf ihrer Liste.

Jetzt, da die Gruppe vollständig ist, führt sie die Gäste in den Laborraum, in dem unter anderem die Besucherkonsole aufgebaut ist. Dr. Grothe sitzt an einem der Bildschirme und gibt verschiedene Befehle über eine altmodische Tastatur ein. Als Gabriele, umringt von neugierigen Augen, hereinkommt, steht er auf und begrüßt seine Gäste. Nach einer kurzen Begrüßung erklärt er, wie sie mit dem Cyberraum verbunden werden. Dazu bittet er eine ältere Dame zu sich und gibt ihr als Erstes die Handschuhe.

„Hier, greifen Sie bitte“, sagt er und führt sanft ihre Finger, als glaube er nicht, dass sie auch selbst greifen würde. „Als Nächstes bekommen Sie jetzt spezielle Kontaktlinsen auf die Augen. Sie sehen dann nur noch die Bilder aus unserem Computer.“ Gabriele legt der Frau die RGB-Linsen auf die Augen. „Sehen Sie.“

„Oh ja, das ist ja lustig“, lacht die Frau. Die Besucher stehen auf einem Laufband, das ihre Schritte in alle Richtungen aufnimmt und sie im Labor auf der Stelle hält. Die Frau geht sofort auf dem Laufband hin und her und fuchtelt gespenstisch mit den Armen.

„Ist es schön?“, fragt ihr Mann, der als Nächster an die Reihe kommen möchte.

„Wunderbar“, sagt sie. „Wie weit darf ich laufen?“

„So weit Sie es wünschen, gnädige Frau“, antwortet Dr. Grothe höflich. „Aber ich stelle Ihnen jetzt noch den Ton an, setzen Sie bitte die Kopfhörer auf.“

„Ja, schönes Wetter, finde ich auch.“

„Mit wem redet sie?“, fragt ihr Mann.

„Wir simulieren ca. 8500 verschiedene Personen in unserem Computerraum“, erklärt Dr. Grothe. „Sie kommen über einen Zufallsgenerator in ihre Szene. Die Wahrscheinlichkeit, dass sich eine Begegnung wiederholt, ist eins zu 500 Millionen!“ Dr. Grothe erklärt die Cyberwelt nicht ohne Stolz in der Stimme.

„Ich bin schon sehr gespannt, wie lange dauert es noch bei meiner Frau?“ Der Mann geht zu einem Überwachungsmonitor. „Oh, wie aufregend“, kichert er, „jetzt füttert sie Tauben.“

„Füttern Sie regelmäßig Tauben? -- Nein, nein, ich … selten. -- Ich weiß gar nicht, was ich sagen soll, ich bin sozusagen nicht von hier. -- Doch, den Rathausmarkt kenne ich.“

Der Ehemann lauscht konzentriert den Worten seiner Frau. „Kann man nicht auch hören, was die anderen Personen sagen?“ Der Ehemann ist wegen seiner Vorfreude schon richtig aufgeregt.

Der dritte Besucher des Tages heißt Hans Ziegler. Er sitzt gelassen auf einem Stuhl und liest in Ruhe die Zeitung.

Dr. Grothe antwortet dem Ehemann mit gespieltem Bedauern, dass man hier im Raum nur hören kann, was die Besucher selbst sprechen. „Die Sprache der anderen Personen sind normale Programmdaten. Wenn man alle Gespräche der Cyberwelt chronologisch archivieren wollte, sind das zu viele Informationen.“

* * *

Dirk erschrickt. Wo ist die Frau, die dort eben noch bei den Tauben war? Sie ist plötzlich weg. Er geht zu einer anderen Frau, die auch Tauben füttert.

„Entschuldigung, war hier nicht eben noch jemand bei Ihnen?“

„Ja“, antwortet die Frau.

„Und wo ist sie?“ Dirk versucht ruhig zu bleiben.

„Weg“, sagt die Frau. „Sie ist nicht von hier.“

„Na, du kleine Vogelfuttertante.“ Neben ihnen steht ein Mann, der aus dem Nichts zu ihnen getreten ist. „Mit dir hat meine Frau also die Vögel gefüttert.“ Der Mann kichert.

„War Ihre Frau eben hier?“, fragt Dirk.

„Ja, hat sie dir gefallen?“ Der Mann kichert schon wieder.

„Können Sie morgen wiederkommen?“, bittet Dirk den Besucher.

„Nee, morgen fahren wir wieder nach Hause. Wir haben den Cyberausflug hier bei einer Tombola gewonnen.“

Es sind also Urlauber, die bei Dr. Grothe den Computerraum besichtigen. Er hat also wirklich den Einstieg gefunden. Dirk sieht dem Mann hinterher, wie er kichernd jeder Frau auf den Hintern klatscht. Nach 45 Minuten ist er weg.

„Verschwunden“, bemerkt Dirk flüsternd für sich. „Dr. Grothe rechnet nicht damit, dass ich hier bin, sonst würde er den Abgang der Wanderer etwas besser programmieren.“

Dirk fühlt sich sicher. Die Wanderer erscheinen immer in der Mitte des Platzes und verschwinden nach exakt 45 Minuten. Es ist noch das gleiche Programm wie damals, als er selbst die Führungen geleitet hat. Über die RGB-Linsen erleben die Computerwanderer nun seine Welt. Er setzt sich wieder auf die Bank und denkt weiter nach. Wenn er sich nun genau dorthin stellen würde, wo die Wanderer ankommen, überlegt er. Der Rathausplatz ist an dieser Stelle immer leer. Er ist gefliest, und auf die vier Fliesen, wo die Besucher ankommen, ist noch nie ein Mensch getreten. Nur die erscheinenden Wanderer stehen immer genau dort.

„Es gibt bestimmt einen Alarm, wenn ich dort hingehe.“

Dirk ist neugierig, aber da sieht er schon den nächsten Besucher. Er geht ein paar Schritte auf ihn zu, aber dann ändert er seine Richtung und rennt über den Platz.

„Was ist denn mit Ihnen los?“, beschwert sich eine ältere Dame. Kopflos jagt Dirk durch eine der kleinen Gassen, die vom Rathausplatz abgehen. Er läuft, als ob eine Bullenherde hinter ihm her ist.

„Ich möchte gerne einen 6-mm-Smith-Revolver.“ Dirk ist in einem kleinen Waffengeschäft und steht hechelnd vor dem Verkäufer.

„Sind Sie im Besitz einer Waffenbesitzkarte, mein Herr?“, fragt der Verkäufer höflich.

„Natürlich.“ Dirk blättert die Papiere in seiner Brieftasche durch. „Wo ist sie nur?“, brummelt er. „Eben war sie doch noch da. Hier, bitte.“

Dirk zieht den Waffenschein wie selbstverständlich hervor, ist selbst aber doch überrascht, wie einfach sich der Computer hereinlegen lässt.

Er bezahlt die Waffe mit seiner Kreditkarte und rennt zurück zum Rathausmarkt. Wo ist der Besucher hingegangen? Er hat nur noch 20 Minuten Zeit.

* * *

„Sitzt sein Kopfhörer?“ Dr. Grothe sieht zu Gabriele Dohrmann rüber. Die sieht nur kurz zur Seite zu dem Mann auf dem Laufband und nickt. „Er spricht nicht viel“, bemerkt Dr. Grothe. Die anderen Gäste haben die Institutsräume schon verlassen. Herr Ziegler ist der Letzte der Gruppe und ohne Begleiterin in der Stadt. Dr. Grothe liest seine Tageszeitung, während sich der Mann auf dem Laufband hin und her bewegt. Gabriele Dohrmann sortiert einen Stapel Papier und sieht von Zeit zu Zeit auf einen Kontrollmonitor, wo die eine oder andere Meldung protokolliert wird.

„Was soll ich? -- Huch, lassen Sie den Quatsch! -- Ja, ja, ich mache es. -- Was soll das? Lassen Sie mich! Das habe ich mir aber nicht so vorgestellt.“

Gabriele schaut auf, als es dem Mann anscheinend unbehaglich wird.

„Ja, ich komm ja schon. -- Ja, hier ist es. Aber … au, mein Kopf!“

Nun sieht auch Dr. Grothe den Mann an. „Was ist mit Ihnen? -- Hallo, geht es ihnen gut?“

Der Mann hört ihn nicht, er hat noch die Kopfhörer auf.

„Geht es ihnen gut? Warten Sie einen Moment, die Zeit ist gleich um.“

Der Mann schreit plötzlich, als würde er schreckliche Qualen leiden. „Lassen Sie mich, mein Kopf -- au!“

Dr. Grothe wendet sich an Gabriele Dohrmann. „Können Sie den Besuch abbrechen?“ Sie schüttelt den Kopf.

„Schnell, holen Sie Werner Löb!“

„Wirklich?“ Sie blickt ihren Chef ungläubig an.

„Haben Sie eine bessere Idee? Wissen Sie, was hier los ist?“

Der Mann fängt an zu taumeln, hektisch versucht Dr. Grothe irgendwelche Eingaben an der Tastatur. Endlich ist die Reise zu Ende.

„Wie geht es Ihnen?“, fragt Dr. Grothe besorgt, als er dem Mann die Kopfhörer abnimmt.

„Mein Kopf, au, mein Kopf!“, haucht der Mann, während er mit gläsernem Blick zur Tür taumelt.

„Mein Gott, was ist mit Ihnen?“, ruft Dr. Grothe ratlos. Er stellt sich neben den schwankenden Körper und versucht ihn zu stützen, während dieser zur Tür drängt. „So bleiben Sie doch hier.“

In der Tür bricht der Mann zusammen, sein ganzer Körper zittert. Werner Löb kommt hinzu und versucht neugierig, die Situation zu begreifen. Er schaut zu Dr. Grothe. „Was ist passiert?“ Er beugt sich über Herrn Ziegler.

Dr. Grothe ist kreidebleich und scheint unter Schock zu stehen. „Der Mann stürzte zu Boden, wir müssen etwas tun.“ Bei seiner Antwort läuft der Doktor wirr hin und her.

Werner hält dem Verletzten seine Hand vor den Mund. „Er atmet nicht mehr, rufen Sie einen Rettungswagen.“

Dr. Grothe steht jetzt da wie angewurzelt, während Werner mit Mund-zu-Mund-Beatmung versucht, dem Mann zu helfen.

„Aber das gibt es doch gar nicht." Dr. Grothe rennt nun wieder hektisch auf die Tür zu, dreht kurz vorher um und geht zurück zum Bildschirm. „Das gab es doch noch nie!" Ohne ernsthaft etwas am Bildschirm zu suchen, liest er einzelne Worte vor. Dann rennt er zu dem Mann und schüttelt ihn. „Was war los? Bitte sagen Sie es mir. -- Mein Gott, Herr Löb, er ist tot."

„Der Rettungswagen ist unterwegs", sagt Gabriele Dohrmann, die inzwischen zum Telefon gegangen war.

Am nächsten Vormittag wird Werner in das Büro von Dr. Grothe in der Klinik gegenüber gebeten. Er klopft an und öffnet, ohne eine Antwort von innen abzuwarten, vorsichtig die Tür. Er bleibt hinter der Tür stehen und nach einer kurzen Pause zeigt Dr. Grothe mit einer minimalen Handbewegung auf den Stuhl vor seinem Schreibtisch.

„Die Polizei kommt gleich noch einmal vorbei", sagt er, als Werner Platz genommen hat.

„Herr Doktor", beginnt Werner seinen Satz, aber er wartet, bevor er weiterspricht, auf eine Geste seines Gegenübers. Als Dr. Grothe ihn kurz ansieht, fährt er fort: „Meinen Sie nicht, es wäre gut, wir würden Dirk Friesen bitten, uns bei der Aufklärung des schrecklichen Unglückes zu helfen? Keiner kennt das System so gut wie er."

„Herr Friesen hat uns verlassen", fällt ihm Dr. Grothe schroff ins Wort, „ich dachte, das wissen Sie." Der Doktor steht auf und geht im Zimmer auf und ab. Nach der nächsten Kehre setzt er ein: „Herr Löb. Der Mann, der gestern unseren Computerraum besucht hat, hatte vermutlich einen Herzfehler. Das theoretische Wissen über die Möglichkeiten der modernen Technik, oder wenn die Menschen es tatsächlich und praktisch erleben … Das sind eben zwei verschiedene Dinge." Dr. Grothe macht eine Pause bis zur nächsten Wende am Ende des Zimmers. „Es war bestimmt ein Kulturschock. Die vielen Eindrücke konnte er nicht verkraften."

„Aber Herr Doktor", setzt Werner vorsichtig ein, „unser ganzes System ist zusammengebrochen, die Koordinaten der Reise sind unbrauchbar. Und genau der Speicherbereich, den ich seit einem halben Jahr für Sie auswerte, ist inkonsistent."

Dr. Grothe ist stehen geblieben. Er schaut auf Werner hinab, der immer noch auf seinem Stuhl sitzt. Werners Stimme wird noch leiser.

„Herr Doktor, ich habe Sie nie gefragt, was es für Daten sind, die ich für Sie auswerte. Sie wissen, dass ich Ihnen loyal zur Seite stehe, aber könnte es doch möglich sein …"

Es klopft, zwei Herren werden in das Zimmer gelassen.

„Guten Tag, meine Herren", wendet sich Dr. Grothe den beiden Männern zu. „Ich darf Ihnen meinen Mitarbeiter Herrn Löb vorstellen. Herr Löb hat gestern Abend versucht, Erste Hilfe zu leisten."

Werner steht auf und gibt den Besuchern die Hand. Diese stellen sich vor, sie sind von der Kriminalpolizei.

„Ist die Todesursache schon ermittelt worden?", erkundigt sich Dr. Grothe.

Der zweite Polizist geht einen Schritt auf Dr. Grothe zu. „Der Mann hat einen elektrischen Stromschlag bekommen."

„Ausgeschlossen!", fällt Dr. Grothe ohne Pause ein. „Unsere Gäste kommen nur mit fünf Volt in Berührung. Es sind alles TTL-Pegel." Dr. Grothe sieht Werner Löb an. Dann wendet er sich wieder an den Polizisten: „Der Kopfhörer. Wer hat je an einem Kopfhörer einen Stromschlag bekommen?" Dr. Grothe setzt sich in seinen Sessel.

„Meine Herren", fährt der Polizist fort, „ich muss die Anlage beschlagnahmen. Die Unfallstelle wird versiegelt. Wir werden die Anlage von unabhängigen Gutachtern untersuchen lassen."

* * *

Dirk liegt wieder zu Hause auf dem Sofa. Eva fragt: „Wo warst du?“

„Auf dem Rathausmarkt.“ Seine Stimme klingt müde. Sie spürt, dass ihn etwas bedrückt.

„Was machst du auf dem Rathausmarkt?“ Eva sieht fragend zu ihm hinüber.

Dirk antwortet nicht. Er überlegt, ob seine spontane Aktion sinnvoll war. Er hat den Mann gezwungen, mit ihm zum Institut zu fahren. Der Wanderer hatte richtige Angst vor seiner Pistole, obwohl er wusste, dass für ihn alles nur ein großes Computerspiel ist. Trotzdem hatte er Angst.

Aber er selbst hatte auch Angst, er ist vor der Tür des Instituts stehen geblieben. „Warum bin ich vor der Tür geblieben?“, überlegt er leise. Er möchte nicht, dass sich Eva Sorgen macht, trotzdem spürt er, dass sie sein Verhalten sonderbar finden muss.

Die Gedanken kreisen in seinem Kopf. Dr. Grothe hätte ihn doch nicht sehen können. Wovor hatte er Angst? Was hat der Mann im Institut gemacht? Von den 45 Minuten der Besuchszeit waren erst 35 Minuten um, als er ihn ins Institut geschickt hat. Ist er noch zehn Minuten da drinnen geblieben? Hatte er Angst, wieder herauszukommen? Beim nächsten Mal muss er seine Handlungen sorgfältiger planen.

Er sieht zu Eva hinüber. Sie sieht in seinen Augen, dass ihn etwas quält. Ihr Blick fordert ihn auf, mit ihr zu sprechen, aber er sagt nichts.

Am nächsten Tag geht Dirk wieder zum Rathausmarkt. Wie würde er reagieren, wenn der nächste Wanderer kommt? Er hat im Augenblick keine konkreten Pläne. Genau genommen hat er gar nichts vor, ihm fehlt der gedankliche Ansatz, wie er sich und seiner Frau helfen kann.

Auch gestern lag seiner Aktion kein wirklicher Plan zugrunde. Sein Blick lässt nicht von dem Punkt, an dem die Besucher ankommen. Er ist heute nicht an den Besuchern interessiert, aber der Ort hilft ihm beim Nachdenken. Er grübelt über die gestrige Situation nach. Warum war er gestern nicht mit in das Institut gegangen? Sein siebter Sinn hat ihn zurückgehalten. Was würde der Computer tun, wäre er in den EDV-Raum gegangen? Würde er seinen Kopf oder sein Gehirn dort finden?

„Aber der Mann gestern“, murmelt Dirk leise vor sich hin, „für ihn war es doch die gleiche Situation.“

Er lebte für die Zeit seines Besuches, genau wie er und Eva, in der Computerwelt. Zwar war er nur Gast und im Gegensatz zu ihm hat er hoffentlich noch einen ganzen Körper, aber seine Augen und seine Ohren erlebten die gleiche falsche Welt. Er ist dann virtuell in das Zimmer gegangen, wo er selber in der Realität schon war.

Was hat der Computer damit gemacht? Was hat der Mann gesehen? Hat er Dr. Grothe etwas von ihm und von der Waffe erzählt?

Es fängt an zu regnen. Dirk plagt ein ungutes Gefühl, er geht nach Hause. Der Regen und der graue Himmel legen sich schwer auf sein Gemüt.

Daheim legt er sich aufs Sofa, während Eva noch am Schreibtisch sitzt. Eva dreht sich zu ihm um. „Möchtest du auch ein Bier?“

„Ja, soll ich es holen?“

Aber Eva ist schon aufgestanden und kommt mit zwei Flaschen aus der Küche zurück. Sie gibt ihm seine Flasche, denn ein Glas verwenden sie zu Hause nie, und setzt sich wieder an ihre Arbeit.

Draußen regnet es. „Prost.“ Ihre Blicke suchen sich. Eva wendet sich nach dem ersten Schluck wieder ihrer Arbeit zu. Dirk ist in Gedanken immer noch bei dem Wanderer. Wie verhielt sich das Programm? Sprechen beide Männer gleichzeitig? Es sind ja zwei gleiche Männer im EDV-Raum gewesen. Weiß Dr. Grothe jetzt alles?

„Nein“ sagt Dirk laut. „Sie sprechen nicht gleichzeitig.“

Eva dreht sich um: „Wer spricht nicht?“ Erstaunt steht sie auf und geht zum Sofa. „Bist du eingeschlafen?“ Sie streichelt ihm über die Stirn und stellt ihre Bierflasche neben seine auf dem kleinen Tischchen ab.

„Dirk“, sagt Eva leise. „Wenn du Probleme hast, du weißt, dass du mir alles erzählen kannst.“

„Ich bin im Moment etwas nachdenklich. Mein Schatz, ich möchte dich nicht langweilen.“

Eva streichelt weiter seine Stirn und schaut ihn an, als würde sie ihren Satz mit Blicken noch einmal wiederholen.

„Der Cyberspace, den wir bei Dr. Grothe entwickelt haben, wusstest du, dass man dort auch Wanderungen machen kann?“

„Du hast davon erzählt.“

Dirk setzt sich auf und nimmt seine Bierflasche wieder in die Hand. „Stell dir vor, du machst eine Wanderung in diesem Computer und gehst dann zu dir.“

„Wie, zu mir?“ Eva versteht die Frage nicht.

„Na, dorthin, wo du mit der Computerbrille stehst.“

„Ich glaube, das pfeift“, sagt Eva.

„Was pfeift?“ Diesmal ist Dirk verwundert. Er glaubt nicht, dass seine Frau aus dem Stegreif eine Lösung für das Problem hat, mit dem er sich einen ganzen Tag lang quält.

Er wiederholt deshalb etwas spöttischer noch einmal: „Was soll da pfeifen?“

Ihrerseits nun etwas verunsichert, erklärt Eva ihren Gedanken: „Wenn man beim Radio anruft und sich dann selbst in seinem Radio hören möchte, dann pfeift es. Warum, das weiß ich auch nicht. Jedenfalls sagen die beim Radio immer, dass man das Radio leise stellen muss. Eben, weil es sonst pfeift."

Eva sieht ihn an, als glaube sie nicht recht, dass ein kleines technisches Rätsel sein ganzes Problem ist.

„Es pfeift", wiederholt Dirk langsam und nachdenklich. Aus seiner Stimme ist jeder Spott verschwunden.

„Du hast recht, mein Schatz, es pfeift."

Dirk nimmt einen Schluck Bier und legt sich wieder zurück. Seine Gedanken fahren wie auf einem neuen Gleis mit Vollgas los. Der Anruf beim Radio. Die Stimme seines Telefonates hört man in seinem Radio. Aus dem Radio kommt dann die Stimme und geht in das Telefon und diese hört man im Radio. Diese hört man im Telefon. Diese hört man im Radio. Es muss doch ein Ende geben.

Dirk wird nervös. Da waren nicht zwei Männer im EDV-Raum, es waren unendlich viele. Die Spiegel im Durchgang bei seiner Baustelle. Es wiederholt sich ewig. Dirk überdenkt noch einmal das Programm. Der Mann kommt in das Zimmer. Der Computer liest das Bild des Raumes aus seinem Kopf und bekommt es über die RGB-Linsen. Dieses Bild sieht einen Mann und wieder werden fünf Volt über das gleiche Kabel geschaltet. Jedes Mal werden weitere fünf Volt an die Elektrode am Kopf des Mannes gelegt. Das Signal wandert im Kreis.

Dirk schluckt. „Diesen Kurzschluss haben wir im Programm nicht abgefangen. Hoffentlich ist dem Mann nichts passiert."

Dirk schläft in dieser Nacht unruhiger als sonst. „Der Computer hat den EDV-Raum gesehen, er kennt sich jetzt." Er schwitzt und murmelt leise im Schlaf.

* * *

Dr. Grothe betritt das Arbeitszimmer von Prof. Flemming. „Hallo Andreas, was ist denn bei euch schon wieder los? Du hast die Polizei im Haus?“ Der Professor legt seinem Kollegen zur Begrüßung die Hand auf die Schulter.

„Ein Drama ist das.“ Dr. Grothe wirft bei dem Satz die Arme in die Höhe, um seine Bestürzung zu untermauern, doch die Geste erinnert eher an eine La-Ola-Welle als an ein echtes Drama. Aber der Blick, mit dem er Prof. Flemming ansieht, bekräftigt, dass es sich wirklich um ein Drama handeln muss.

Dieser öffnet eine der dunklen Mahagonitüren und holt eine Flasche Cognac heraus. Das Arbeitszimmer des Professors ist in edlem Holz eingerichtet. Die Zimmertür ist von innen mit dunkelgrünem Leder bespannt, genauso wie die Platte seines wuchtigen Schreibtisches. In einem der Schränke, um die herum sonst eigentlich nur Bücher das Hauptmerkmal dieses Raumes sind, versteckt sich eine kleine Hausbar.

„Möchtest du auch?“ Der Professor hält die Flasche in die Richtung seines Kollegen. Nachdem der Doktor Zustimmung signalisiert hat, schenkt er zwei stilvolle Cognacschwenker ein.

„Es ist wirklich ein Drama“, spricht Dr. Grothe mehr zu seinem Cognac als zu seinem Gegenüber, nachdem er in einem gemütlichen großen Ledersessel vor dem Schreibtisch des Professors Platz genommen hat.

„Wer ist der Tote? Was ist genau passiert? Kann es sich um Sabotage durch Herrn Löb handeln?“ Man sieht Prof. Flemming an, dass ihm die Sache auch ziemlich nahegeht.

„Das habe ich auch schon gedacht, aber ich glaube es nicht. Jedenfalls ist Werner Löb durch die Untersuchung nicht mehr aus Zone 1 fernzuhalten.“

„Hat er denn schon etwas herausbekommen?“

Der Professor ist inzwischen aufgestanden und sieht bei der Frage aus dem Fenster, als ob der Blick auf das Institut für die Beantwortung der Frage hilfreich sein könnte.

„Seit Dirk Friesen nicht mehr da ist, habe ich nicht mehr so einen engen Draht zu Herrn Löb. Ich vermute, dass er nicht mit mir über seine Vermutungen reden würde. Leider ist auch Frau Dohrmann in letzter Zeit sehr an der Vergangenheit und an Herrn Löb interessiert.“

„So?“ Der Professor dreht sich zu Dr. Grothe um.

„Ja, leider, aber ich habe es bisher vermieden, sie darauf anzusprechen.“

„Und Alexander Schröder, könnten wir ihm die Sache nicht als Sabotage unterschieben? Wir erzählen Herrn Löb von einem Verdacht, den wir schon immer gegen Alexander Schröder hatten. Dann schlagen wir zwei Fliegen mit einer Klappe. Erstens ist es nicht mehr sonderbar, dass er plötzlich wegging, und zweitens können wir die Untersuchung der Polizei verkürzen, wenn wir einen Tatverdächtigen haben.“

Die bedrückte Stimmung von Dr. Grothe hellt sich ein wenig auf, aber er entgegnet: „Das ist nicht dumm, mein Lieber, aber seine angebliche Auswanderung …“

Prof. Flemming stellt sich mit den Handflächen nach oben zeigend vor Dr. Grothe hin, als ob sein ganzer Körper ‘Na und?‘ sagen möchte.

„Weil wir mit einer Attacke von ihm gerechnet haben, sollte Frau Dohrmann die Auswertungen weiter auf seinem Papier schreiben. Damit alles so normal wie möglich weiterlief. Der einfachste Virus kann so programmiert werden, dass er irgendwann zuschlägt.“

Dr. Grothe stellt das Glas auf einen kleinen Messingtisch und geht nun seinerseits im Zimmer auf und ab.

„Ein kleines Problem ist nur, dass ich selbst keine plausible Erklärung für den Tod des Mannes habe. Selbst wenn wir eine Sabotage unterstellen, wie soll es funktionieren, einen Menschen mit einem Kopfhörer und fünf Volt umzubringen?“

Die Hände des Professors zeigen wieder das ‘Na und?‘.

„Es ist passiert, das ist doch Fakt.“ Prof. Flemming tippt Dr. Grothe bei diesen Worten mit dem Zeigefinger auf die Brust. „Wenn Alexander Schröder den Vorfall angekündigt hat, dann kann er das Geheimnis der Durchführung doch mit auf die Flucht genommen haben. Die Besuche im Cyberraum werden ohnehin für einige Zeit von der Berufsgenossenschaft verboten. Hauptsache, unsere Projekte laufen ungehindert weiter.“

„Und wenn wir offen mit Hans reden?“

Hans Brüggen ist ihr Kontaktmann beim Geheimdienst. Er weiß als Einziger über die Experimente im Institut Bescheid und dass dafür Menschen verschwinden mussten. Er hat alle Daten von Alexander Schröder so beim Einwohnermeldeamt umschreiben lassen, dass er jetzt offiziell in Neuseeland wohnt.

Er stellt ihnen auch Forschungsgelder zur Verfügung, hat aber immer betont, dass es niemals ein öffentliches Eingeständnis über eine Mitwisserschaft geben wird.

„Was sollen wir ihm erzählen?“, fragt Dr. Grothe zurück. „Hans Brüggen kann uns im Moment nicht helfen.“

„Du hast recht, es war auch nur so eine Idee.“

In diesem Moment klopft es an die Tür.

„Herein.“

Gabriele Dohrmann kommt völlig verstört ins Zimmer. „Herr Doktor, kann ich Sie kurz alleine sprechen?“

Dr. Grothe sieht zum Professor und will mit Gabriele das Zimmer verlassen, aber Prof. Flemming kommt ihm zuvor: „Bleibt nur hier, ich habe kurz etwas zu erledigen.“ Er geht hinaus.

„Hier, hier, sehen Sie.“ Gabriele fuchtelt fast hysterisch mit einem Zettel, den sie in der Hand mitgebracht hat. „Jemand weiß, was los ist, jetzt kommt alles raus.“ Sie reicht Dr. Grothe das Blatt, er liest. „Von wem kann es sein?“, fragt sie.

„Von Alexander Schröder, steht doch drauf.“ Dr. Grothe sieht zu Gabriele herüber und erschrickt ein wenig, weil er nicht schnell genug geschaltet hat.

„Machen Sie doch keine Witze, Herr Doktor. Ich habe Angst. Das kann doch nur Herr Löb geschrieben haben?“

„Oje“, sagt Dr. Grothe, nun die Besorgnis von Gabriele teilend. „Das wird wirklich Herr Löb geschrieben haben.“ Er nimmt Frau Dohrmann väterlich in den Arm und beginnt langsam mit ihr durch das Zimmer zu gehen. „Er wollte bestimmt, dass die Polizei es findet, weil er Herrn Schröder so lange nicht gesehen hat.“

Dr. Grothe bleibt stehen und stellt sich vor Gabriele. Er faltet seine Hände wie zum Gebet, nur die Zeigefinger bleiben gestreckt. Diese tippt er nun gegeneinander, als wollte er Frau Dohrmann am Takt seiner Gedanken teilhaben lassen.

„Wir machen Folgendes“, setzt er nun ein. „Versuchen Sie sich doch einmal privat mit Herrn Löb zu treffen. Einfach mal ein Eis essen oder so. Dabei erzählen Sie ihm, dass Sie im EDV-Raum mit Alexander zusammengetroffen sind. Sagen Sie ihm, dass Herr Schröder abstreitet, diesen Brief geschrieben zu haben.“

„Warum sagen Sie ihm das nicht selbst, Herr Doktor? Wenn ich es sage, mache ich mich doch noch verdächtiger.“

Dr. Grothe kneift die Augen ein wenig zusammen und sieht sie mit scharfem Blick an. Seine Finger und seine ganze Haltung sind plötzlich ruhig.

„Wieso noch verdächtiger? Hat er denn schon einmal einen Verdacht geäußert?“

„Nein, nein“, stottert Gabriele, „aber, na ja, doch. Ich habe mich schon einmal mit Herrn Löb auf ein Glas Wein getroffen. Rein privat -- wirklich! Wir haben nichts Dienstliches besprochen.“

Der Doktor sieht sie an, ohne etwas zu erwidern. Er merkt, dass sie gleich weiterreden wird.

„Er hat Alexander erwähnt und ich habe mich verplappert, dass er nicht hinter der Tür arbeitet.“

„Na, sehen Sie!“ Der Doktor reagiert wütend. „Darum habe ich Ihnen alle Gespräche mit Herrn Löb verboten. Ich zeige ihm Tag für Tag, dass Alexander Schröder im Institut arbeitet, und der einzige Raum, wo das sein könnte, ist in Zone 1, hinter der Tür, die Herr Löb nicht betreten darf. Was um Himmels willen soll er denn denken, wenn Sie ihm nun sagen, dass Herr Schröder nicht dort arbeitet?“

Gabriele fängt an zu weinen.

„Das macht es auch nicht besser“, fährt sie der Doktor schroff an. „Aber es ist doch wohl klar, dass Sie ihm von Alexander Schröder im EDV-Raum erzählen müssen. Ihretwegen glaubt er die Geschichte ja nicht mehr.“

Nachdem ihr Nicken Zustimmung signalisiert, wird der Blick mit dem er sie mustert, wieder freundlicher.

„Machen Sie sich keine Sorgen“, sagt er tröstend, „Sie müssen sich nur unauffällig mit ihm treffen. Wenn Sie sich schon einmal verabredet haben, ist das zweite Mal doch nicht so schwierig.“

Prof. Flemming kommt zurück in sein Zimmer. Seine Augen wandern kurz zwischen den beiden hin und her. „Darf ich hereinkommen?“, fragt er höflich.

„Natürlich, wir haben alles besprochen“, antwortet Dr. Grothe. Er dreht sich zu Gabriele um. „Nicht wahr?“

„Ja, vielen Dank, Herr Doktor.“ Sie nickt ihrem Chef höflich zu, und geht dann zum Professor und gibt ihm die Hand. „Auf Wiedersehen, Herr Professor. Endschuldigen Sie, dass ich Sie aus Ihrem eigenen Zimmer vertrieben habe.“

„Aber nicht doch“, lacht er sie an. „Bis zum nächsten Mal, Frau Dohrmann.“

Er macht die Tür hinter ihr zu und sieht Dr. Grothe fragend an. „Alles in Ordnung?“

Der Doktor schüttelt den Kopf. Prof. Flemming nimmt ihm das Blatt aus der Hand und fängt an zu lesen.

> Sehr geehrter Herr Dr. Grothe,
>
> am Donnerstag waren am Institut die turnusmäßigen Wanderungen durch den Cyberraum. Ich war in der Zeit vor dem Institut bei meinem Auto und sah, wie Dirk Friesen einen Mann in das Institut schickte und vor der Tür blieb.
>
> Herr Friesen sah aus, als würde er auf etwas warten. Ich überlegte, ob ich ihn begrüßen sollte, aber ich ging unbemerkt ins Labor und sah im Kontrollraum, dass das ganze System zusammenzubrechen drohte.
>
> Ich habe ohne Abstimmung mit Ihnen die Datenbank neu initialisiert,

weil die Rechner sonst vermutlich abgestürzt wären.

Ich habe die Verweilzeit des Besuchers gelöscht und damit die aktuelle Reise beendet. Ich hoffe, Sie billigen meinen Eingriff, obwohl Sie eigentlich jede Reorganisation streng verboten hatten.

Ich wünsche ein schönes Wochenende,

Ihr Alexander Schröder

„Und was bedeutet das?“ Er sieht Dr. Grothe fragend an, nachdem er den Brief durchgelesen hat.

„Erstens fehlen im Cyberraum zwei Tage, und ich muss Werner Löb neu programmieren.“

„Was heißt das?“

Dr. Grothe versucht klug und erklärend auszusehen. „Wir haben im Cyberraum etwa 8500 verschiedene Personen. Weil Dirk Friesen und Werner Löb die Personendaten gemeinsam erstellt haben, sind sie auch schon immer virtuell programmiert gewesen. Zum Aussehen von Werner Löb und seiner Anschrift hatte ich eine neue Person verknüpft, die unfreundlich und ungastlich ist. Ich weiß aber nicht, wie man die Verbindung dauerhaft umlenkt. Deshalb ist Werner Löb nach jedem Reset wieder so, wie er sich damals selbst programmiert hatte.“

„Aber kommst du denn an das Eingabeterminal heran? Die Anlage ist doch gesperrt. Wenn ich dich richtig verstanden habe, wäre es jedenfalls nicht so gut, wenn Herr Friesen Herrn Löb jetzt treffen würde.“

Dr. Grothe hat in der Zwischenzeit die Cognacgläser noch einmal gefüllt und setzt sich wieder bequem in den Sessel, nachdem er ein Glas vor Prof. Flemming abgestellt hat.

„Die Kündigung von Herrn Friesen ist lange genug her, es ist unwahrscheinlich, dass er gerade heute oder morgen noch einmal den Kontakt sucht."

„Hat er denn schon einmal mit Herrn Löb telefoniert?"

„Keine Ahnung. Herr Löb macht doch die Auswertungen selbst. Er würde sofort über seine eigene Telefonnummer stolpern. Deswegen kann ich es gar nicht auswerten."

„Stimmt auch wieder." Prof. Flemming runzelt die Stirn. „Und was macht Frau Dohrmann? Sie ist doch nach dem Brief das viel größere Problem."

„Ja und nein. Da sie Herrn Schröder getötet hat, wird sie wohl kaum zur Polizei gehen, aber sie beschuldigt Herrn Löb, den Brief geschrieben zu haben. Es ist also unwahrscheinlich, dass sie Herrn Löb glaubhaft machen kann, dass Herr Schröder den Brief wirklich geschrieben hat."

„Da kann ich dir helfen." Er nimmt den Telefonhörer ans Ohr. „Wähl mir mal die Nummer von Herrn Löb." Dr. Grothe tippt die Nummer auswendig. „Hallo, Herr Löb -- ja, ja, doch, es geht mir gut, danke der Nachfrage. Herr Löb, ich habe eben Herrn Schröder getroffen und er sucht dringend Dr. Grothe. Ist er zufällig bei Ihnen? -- Das ist Pech. Könnten Sie ihm bitte ausrichten, dass Herr Schröder alle Rechner neu gestartet hat? Er sagt, Dr. Grothe muss es unbedingt wissen. -- Ja, gut, danke schön. -- Ja, Ihnen auch. Auf Wiederhören."

* * *

Dirk kommt aus dem Badezimmer und setzt sich an den Frühstückstisch. Eva liest die Zeitung.

„Bei Dr. Grothe hat es einen Toten gegeben“, sagt sie.

„Zeig.“ Er nimmt ihr die Zeitung aus der Hand und liest. ‘Bei einer seit neun Jahren regelmäßig durchgeführten Besichtigung des sogenannten Cyberraums ist am Donnerstag ein 32-jähriger Mann ums Leben gekommen. Das Institut teilt mit, dass die öffentlichen Führungen bis auf Weiteres ausgesetzt werden. Der Institutsleiter Dr. Andreas Grothe hat der Familie des Getöteten sein Mitgefühl ausgesprochen und versprach eine lückenlose Aufklärung der Umstände.‘

Dirk betrachtet das Foto des Mannes. Er sieht nicht wie der Mann aus, den er ins Institut gezwungen hat, aber er weiß trotzdem, dass er ihn umgebracht hat. Die Besucher werden nicht gescannt, der Computer gibt ihnen deshalb ein zufälliges Aussehen. Eva bemerkt, wie sehr ihm der Artikel zu schaffen macht, aber sie vermeidet es, mit ihm darüber zu sprechen. Dirk fühlt sich nicht gut. Er würde sich am liebsten bei der Arbeit krankmelden, aber er hat Angst. Er ist jetzt ein Mörder, der unter Verdacht geraten könnte. Es steht in ihrer Zeitung. Würden die Kollegen ihn verdächtigen, wenn er nicht zur Arbeit kommt? Sie wissen, dass er früher an dem Institut gearbeitet hat.

Bei der Arbeit wird er von niemandem auf den Vorfall angesprochen. Keiner scheint den Artikel gelesen zu haben. Im Baucontainer fehlen eine Menge Unterlagen, die Arbeit von zwei Tagen scheint komplett weg zu sein, aber auch daran scheint sich niemand zu stören.

Er macht seinen Rechner an und geht ins Internet. Bis heute morgen hatte er seine falsche Welt als Kopie der realen Welt gesehen. Er fühlte sein Leben als das Leben nach dem Tod. Es war ein Zustand, der die Beziehung zur wirklichen

Welt vollständig verloren hatte. Die Zeitung von heute Morgen machte ihm überraschend klar, dass seine Welt und die Welt, die er verloren glaubte, miteinander verwoben sind.

Das Internet hier ist keine Kopie aus einer anderen Welt, es ist dasselbe Internet. Der Cyberrechner, in dem er mit seiner Frau lebt, ist ganz trivial über TCP/IP mit der Realität verbunden. Dirk erkennt, dass er in seiner Verzweiflung, die Realität zu finden, viel zu kompliziert gedacht hat.

Auch als er noch lebte, war er in der Virtualität zu Hause, er hat es nur nicht bemerkt. Die vielen Videokonferenzen, sie machen die Treffen von lebendigen Menschen überflüssig. Die E-Mails, durch sie sind Briefe aus Papier und der Briefträger nun virtuell. Die Urlaubsfilme, die als MMS die Daheimgebliebenen live mit an den Strand nehmen. Selbst einfache Computer, in denen Papierblätter von einem Ordner in einen anderen fliegen, bemühen sich, den Menschen an seiner virtuellen Arbeit teilhaben zu lassen. Dirk verbrachte schon einen großen Teil seiner Zeit in dieser fremden Welt, es hat ihn damals nur nicht gestört.

Er surft durch das World Wide Web, aber er beachtet nicht so sehr den Inhalt der Information. Dirk versteht, dass die im Internet abgebildete Welt seine verlorene Realität ist. Er erkennt hinter den Bildschirmseiten seine Welt wieder, aus der er und Eva seit der Kündigung ausgeschlossen sind. In der gleichen Weise, wie das Internet von der anderen Seite als unwirklich empfunden wird, ist es für ihn plötzlich authentisch und echt.

Wie haben die Menschen ein Telefon empfunden, als es eine technische Neuheit war? Ist es je ein virtuelles Ding mit eigener Sprache gewesen? Glauben Kinder wirklich, dass im Radio ein kleines Wesen sitzt und spricht? Der menschliche Verstand sträubt sich dagegen, einem Ding menschliche Attribute zu geben. Es ist einfacher, sich den realen Menschen vorzustellen, der irgendwo spricht, auch wenn man ihn nicht konkret sehen kann. Der Verstand verlangt von der virtuellen Welt, dass es eigentlich doch die Realität ist, die wie beim Telefon einfach nur durchgereicht wird.

An Eva hat Dirk gesehen, dass sich der normale Mensch weigert, von der Realität abzulassen. Die Götter und die Engel werden seit jeher nur mit menschlichen Eigenschaften geglaubt. An eine reine göttliche Welt kann oder will kein Mensch glauben. Dirk sieht die Häuser auf einer Internetseite an.

Es gibt zwei unterschiedliche Arten, wie man aus der Welt fallen kann, überlegt er sich. Wenn Kinder in einem Fahrsimulator heiße Autorennen fahren, mit skurrilen Fahrzeugen, die es in der Wirklichkeit gar nicht gibt, über ausgedachte Fantasiepisten der Zukunft und mit völlig unrealistischen Geschwindigkeiten, dann ist es offensichtlich, dass man die Realität verlassen hat.

Aber wenn Flugzeugpiloten in der Ausbildung mit einem Simulator einen Landeanflug auf einen konkret existierenden Flugplatz üben, ist es dann noch ein bisschen Realität? Dirk verzettelt sich in seinen Gedanken. Ist die virtuelle Welt der Kinder nur virtuell, weil es sie in der Realität nicht gibt? Die virtuelle Welt der Piloten ist dann real, weil man sie genauso gut mit einem echten Flugzeug erleben kann.

Die Sonne scheint heiß auf den Schreibtisch im Baucontainer, auf dem Bildschirm ist immer noch die gleiche Internetseite. Er sieht aus dem Fenster, sein Blick hängt an einer Baumreihe, die fast am Horizont eine mäßig befahrene Landstraße säumt. Seine Gedanken sind dösig geworden, träumend verfolgen seine Augen die fernen Autos.

Das Erkennen, in einem Computer gefangen zu sein, hat für Dirk die Realität in eine virtuelle Welt verwandelt. Aber die Zeitung heute Morgen hat seine fiktive, virtuelle Welt wieder realer gemacht, als ihm jetzt lieb ist.

Es ist drei Tage her, dass er im Birkenwald sein Programm entdeckt hat. „Ich Idiot!“ Plötzlich ist er wieder putzmunter. „Werner ist ja auch nur virtuell. Ich Idiot!“ Natürlich würde Werner ihn niemals so abwimmeln. Es war eine von Dr. Grothes Personen, die er als Werner Löb im Cyberspace hinterlegt hat.

Dirk ärgert sich, dass es drei Tage gedauert hat, bis er diese einfache Schlussfolgerung gezogen hat. „Die Telefonleitung zu Werner hat der Doktor abgefangen, E-Mail und FTP vermutlich auch. Aber indirekt müsste ich zu ihm Kontakt aufnehmen können.“

Dirk überlegt eine Verbindung zu seinem Freund, die ihr Chef nicht kennt oder kontrollieren kann. Ihm fällt der kleine Italiener ein. Er will Monelli eine E-Mail schicken und ihn darin bitten, sie Werner Löb bei seinem nächsten Besuch zu geben. Oder noch besser, Monelli kann sie gleich weiterleiten. Hauptsache, die E-Mail ist in der realen Welt angekommen.

Dirk begreift langsam, wie breit der Weg in seine alte Welt ist, den er noch vor drei Tagen für immer verloren glaubte. Aber was soll er schreiben? Bestimmt hat Werner auch schon versucht, ihn zu besuchen. Was ist mit seiner Wohnung? Würde er glauben, dass die Mail von ihm ist, aus einem Computer, den sie gemeinsam gestaltet haben?

Dirk überlegt, wie Dr. Grothe die Person Werner Löb im Cyberspace programmtechnisch überhaupt angepasst hat. Wer hat die Programmänderung durchgeführt? Er geht im Geiste die Mitarbeiter durch, die dafür in Frage kommen.

Dr. Grothe könnte den Datensatz *Werner Löb* jedenfalls nicht selbst ändern. Dirk ist sicher, dass er so viele Fehler machen würde, dass Werner es bemerken würde.

Oder kann er es doch? Gabriele Dohrmann hätte zwar den Zugang zu den Terminals, aber auch sie könnte es nicht programmieren. Dr. Grothe muss jemanden mit der Programmänderung beauftragt haben, aber welchen Grund hat er dem Betreffenden dafür angegeben? War es Alexander Schröder, den er beauftragt hat? Alex könnte es wohl programmieren, aber würde man ihn einweihen?

Als er vor dem Institut stand, hat er Alexander Schröder gesehen. Dirk setzt sich aufrecht in seinem Sessel hin und hat noch einmal die Szene des Nachmittags vor Augen, als er den Wanderer in das Institut gezwungen hatte. Vor dem Institut sah er einen Mann, der aussah wie Alexander Schröder.

„Ich war vor dem Institut und habe Alexander Schröder gesehen“, spricht er laut vor sich hin. „Ich war vor dem Institut und dort war Alexander Schröder.“

In der realen Welt wäre es völlig normal, den Mitarbeiter eines Instituts vor diesem Institut anzutreffen. Niemand würde sich darüber wundern. Aber der Programmierer Dirk Friesen ist plötzlich hellwach.

Für den Computer ist eine Person ein Datensatz aus vielen trivialen Angaben wie Telefonnummer, Geburtstag, Kontonummer, einem Aussehen und auch dem aktuellen Standort. Die Institutsmitarbeiter sind von Anfang an als Person im Cyberspace programmiert worden. Sie sind 3D-gescannt und haben als Einzige ihr echtes Aussehen. Aber ihr Standort wird nicht ständig neu berechnet.

Er blickt wieder den Autos in der Ferne hinterher. Das nächste Auto ist hinter dem Hügel verschwunden, es ist weg. Dirk grübelt. Das Leben im Computerraum ist wie eine Theaterbühne programmiert. Ein Schauspieler spielt das Theaterstück hinter der Bühne nicht weiter. Wenn er auf der Bühne zum Beispiel sagt, er fährt jetzt nach Wien, dann setzt er sich nicht wirklich in den Zug nach Wien, nachdem er die Bühne verlassen hat.

An den Grenzen des Sichtbaren ist das Bild der Welt zu Ende. Dirk sieht aus dem Fenster. Das Auto hinter dem

Hügel ist jetzt wirklich weg, es wird vom Computer nicht weiter berechnet. Nur für das, was auf der virtuellen Bühne geschieht, wird das Sein berechnet.

Wieder fährt ein Auto hinter den Horizont. „Weg“, sagt Dirk nachdenklich und flüstert zu sich: „Aber was bedeutet dann Alex in der Szene?“ Die Situation war eigentlich so verdammt normal, dass er sich selbst über sein Unbehagen wundert. Er steht von seinem Sessel auf und spricht mit sich selbst: „Etwas stimmt da nicht.“

* * *

„Guten Tag, Herr Löb, schön, dass Sie gekommen sind.“ Werner setzt sich den beiden Beamten gegenüber und sieht sich um. Es ist ein Polizeibüro, wie es in jedem Tatort zu sehen ist. „Das ist Hauptkommissar Schröder und mein Name ist Beckmann.“

Werner erhebt sich noch mal und gibt den Herren die Hand.

„Sie arbeiten im Institut für Cyberraumtechnik bei Dr. Grothe und waren am letzten Donnerstag Zeuge, wie der Gast Hans Martin Ziegler in Ihrer Anlage ums Leben kam?“

Werner nickt. „Ja“, sagt er zurückhaltend.

„Die Obduktion hat ergeben, dass dem Opfer über die Kopfhörer und die Elektroden, die Ihren Besuchern angelegt werden, eine Spannung von mindestens 180 Volt zugeführt wurde. Unsere Experten sind sicher, dass es wirklich die angelegten Kontakte waren.“

„Das kann nicht sein“, unterbricht Werner den Kommissar. „An den Kontakten liegen höchstens fünf Volt an. Es ist ein ganz klassischer TTL-Pegel.“

„Die Spannung lag aber an den Kontakten an. Unsere Fachabteilung hat uns erklärt, dass es eine zwar sehr theoretische, aber nicht unmögliche Konstellation gibt, so eine Spannung an den Ausgangskarten des Computers zu erzeugen. Dazu muss eine spezielle Software geschrieben werden, die alle Leitungslängen auf der Hauptplatine berücksichtigt und aus zwei Schleifen besteht, deren Resonanz die Ausgangsspannung nach oben treibt."

Werner setzt sich aufrecht hin. Sein Gesicht hinter der kleinen runden Nickelbrille ist auf einmal hellwach geworden. „Hatten Sie auch einen C64?" Er sieht Kommissar Beckmann schulmeisterlich an.

„Ich lese nur den Bericht unserer Kollegen vor. Was ist ein C64?" Obwohl der Polizist eine Rückfrage stellen muss, versucht er in seinem Tonfall trotzdem noch schulmeisterlicher zu klingen als Werner Löb.

„Mein erster Computer hatte 64 Kilobyte Arbeitsspeicher und hieß C64. Es war der Rechner in der Hackerszene. Für den C64 gab es ein Programm", Werner kräuselt die Stirn und sieht in die Luft, „den Namen habe ich vergessen. Jedenfalls hat es meinen Rechner zerstört. Es waren zwei Schleifen, deren Resonanz die Platine regelrecht aufgeschmolzen hat. Mistkerle, die so etwas in Umlauf gebracht haben."

„Schade um Ihren alten Rechner, aber uns interessiert der Mistkerl, der Herrn Ziegler getötet hat."

Werner lässt sich, obwohl er schon sitzt, in den Stuhl fallen. Herr Beckmann hat seinen gemütlichen Plauderton bei seinem letzten Satz abgelegt. Jetzt ist es nicht nur der Raum, der Werner an einen Tatort erinnert. Wie verwandelt spielen auch die Personen plötzlich ein echtes Kriminalstück.

Werner fällt es nicht schwer, die Gedanken des Kommissars zu lesen.

„Na?" Sein Kollege spricht die Frage aus. „Wer könnte so ein Programm schreiben?"

„Warum“, fragt Werner, „sollte jemand so etwas tun?“

„Das wird unsere erste Frage sein, wenn wir den Programmierer gefunden haben.“

„Kannten Sie Herrn Ziegler?“, fragt jetzt wieder Herr Beckmann.

„Nein“, sagt Werner in vorwurfsvollem Ton.

„Aber Sie könnten das Programm schreiben?“

„Ich habe mir die Frage noch nicht gestellt. Auch für den C64 habe nicht ich das Programm geschrieben, ich war das Opfer.“

Jetzt beugt sich Kommissar Schröder zu dem Verdächtigen. „Die Anzahl an Programmierern an Ihrem Institut ist, wie soll ich sagen, recht übersichtlich. Es hat uns gewundert, dass Sie für so ein gigantisches Programm wie den Cyberraum der einzige Informatiker sind. Wie kann das eigentlich sein?“

„Ich bin nicht der Einzige“, sagt Werner, nun wieder kerzengerade auf seinem Stuhl.

„Trauen Sie Frau Dohrmann zu, ein solches Programm zu schreiben?“

„Weiß ich nicht, ich war es jedenfalls nicht. Was ist denn mit Alexander Schröder?“

„Nach unseren Informationen hat ein Alexander Schröder das Land vor einiger Zeit verlassen und arbeitet gar nicht mehr an Ihrem Institut.“

Kommissar Beckmann blättert noch ein wenig in der Akte, als suche er ein Datum oder etwas, das seine letzte Recherche untermauert.

„Wenn Frau Dohrmann ihm einen Zugang aufmacht, dann kann jeder von überall auf der Welt das Programm einspielen. Außerdem arbeitet Alexander Schröder noch bei uns, jedenfalls hat er heute Herrn Prof. Flemming erzählt, dass er Donnerstag den Rechner neu gestartet hat."

Kommissar Schröder beugt sich zu seinem Kollegen Beckmann und fragt leise: „Wer ist Prof. Flemming?"

„Der aus der Klinik", beantwortet sein Kollege die Frage.

„Aber Dr. Grothe hat uns doch erzählt, dass Herr Schröder nicht mehr bei Ihnen arbeitet."

„Das kann nicht sein." Werner wird jetzt etwas lauter. „Dr. Grothe bringt mir fast täglich Auswertungen von Herrn Schröder. Wer macht dann diese Auswertungen?"

„Sagen Sie es uns? Nach unseren Ermittlungen ist Ihr Kollege …", er hat die gesuchte Seite in seiner Mappe gefunden, „… nach Neuseeland ausgewandert, und es ist keine Einreise, auch nicht als Tourist, gemeldet worden."

„Dann arbeitet er seit einem Jahr aus Neuseeland bei uns. Es wäre nicht der erste Fernarbeitsplatz in der IT-Branche."

„Wann haben Sie Herrn Schröder das letzte Mal gesehen?"

„Das ist lange her."

„Wie lange?"

„Keine Ahnung, bestimmt über ein Jahr."

Kommissar Beckmann zündet sich eine Zigarette an.

„Bitte nicht", sagt Werner Löb. Wie selbstverständlich drückt der Polizist die Zigarette im Aschenbecher wieder aus.

„Was war er für ein Kollege?"

„Ein Arschloch", sagt Werner spontan. „Entschuldigen Sie bitte" schiebt er leise hinterher. „In seinem Kopf waren Sex, sein Auto und wieder Sex. In der Nähe von Herrn Schröder hätten Sie sich bestimmt auch geschämt, zur männlichen Hälfte der Welt zu gehören."

„Aber Sie sind doch Programmierer?“

Werner ist über diese Frage sichtlich irritiert. „Ich bin ein menschlicher Programmierer und ich bin ein männlicher Programmierer, und es gibt auch Programmierer, die ein Arschloch sind.“

„Möchten Sie einen Kaffee?“ Für Kommissar Schröder ist das Verhör in eine Sackgasse geraten.

Ohne seinem Kollegen Beachtung zu schenken, fragt Kommissar Beckmann weiter: „Was genau meinen Sie mit Arschloch?“

Kommissar Schröder stellt wortlos jedem einen Becher Kaffee in Reichweite und Milch und Zucker auf den Tisch.

„Meistens ging es um Frau Dohrmann. Sexuelle Belästigung am Arbeitsplatz, sagt man, glaube ich, dazu. Einmal waren wir zu dritt im Büro. Frau Dohrmann suchte Unterlagen, die in einer Kiste auf dem Fußboden waren. Alexander stand dicht hinter ihr und spielte wie ein Schuljunge, dass er sich von hinten an ihr verginge. ‘Du Schwein‘, sagte ich zu ihm. Er fühlte sich vor Gabriele verraten und ging, bevor Frau Dohrmann hochkam, schnell ein Stück in meine Richtung. ‘Was mach ich denn?‘, sagte er neben mir stehend. Ich war wütend und schubste ihn zur Seite. Leider stolperte er etwas unglücklich und verstauchte sich den Knöchel. Vor Dr. Grothe und Frau Dohrmann stritt er natürlich jede unanständige Bewegung ab. Was ich mir einbilden würde, empörte er sich.“ Werner trinkt einen Schluck Kaffee, ohne seine Zuhörer dabei anzusehen. „Ich habe nach diesem Vorfall jede Zusammenarbeit mit Herrn Schröder abgelehnt.“

Zum Zeichen, dass er fertig ist, sieht er beide Beamte der Reihe nach an. Es entsteht eine Pause, aber dann setzt Kommissar Schröder das Verhör fort.

„Von den Fähigkeiten zu programmieren kommt dann auch noch Dirk Friesen in Betracht, oder? Wissen Sie, wo Herr Friesen jetzt lebt?“

„Leider nicht. Dürfen Sie mir seine Adresse sagen?“

Die Kollegen sehen sich an. „Das muss man im Einzelfall sehen, aber wir wissen nicht, wo sich Familie Friesen aufhält. Was für ein Verhältnis haben Sie zu Dirk Friesen? Wissen Sie, warum er das Institut verlassen hat?“

„Dirk und ich waren gut befreundet. Wir haben tage- und nächtelang zusammen an Problemen gearbeitet und uns dann auch gemeinsam über die Lösungen gefreut.“ Werner redet langsam und bedächtig, als tauche er mit den Fragen tief in seine Erinnerungen ein. Plötzlich sitzt er wieder kerzengerade. „Sie können doch seine Meldedaten einsehen“, platzt nun ein anderer Tonfall aus ihm hervor. „Warum wissen Sie nicht, wo er wohnt?“

Der Kommissar beugt sich vor. „Was halten Sie davon, unsere Fragen zu beantworten? Warum hat er das Institut verlassen? Könnte er das Programm geschrieben haben?“

„Dirk ist für mich der beste Programmierer. Ich gebe zu, dass sein Weggehen mich persönlich getroffen hat. Ohne seine Frau würde er sicher noch bei uns arbeiten. Sie hat auf seine Entscheidung hingewirkt. Sie haben sicher von dem Skandal mit der Gehirnspiegelung gehört. Sein Name wurde in den Nachrichten mehrfach genannt. Sie können sich nicht vorstellen, was die beiden durchstehen mussten.“

„Wann haben Sie Herrn Friesen das letzte Mal gesehen?“

„Es war ein Samstag, zwei Tage, bevor er Dr. Grothe die Kündigung übergeben wollte. Ich war im Institut, um noch ein paar Dinge zusammenzusuchen. Am Montag begann ein Kongress in München, auf dem ich ein paar Beiträge vortragen durfte. Dirk wusste, dass ich am Sonntag reisen wollte. Er erzählte mir, dass er kündigen würde. Ich bat ihn, es sich nochmals zu überlegen. Aber ich merkte, dass sein

Entschluss fest war. ‘Du kündigst auch mir‘, sagte ich zu ihm. ‘Du verlässt unser Baby.‘ Er hat dann am Montag seine Kündigung eingereicht und war weg, einfach nur weg.“

Er sieht die Beamten an, als erwarte er eine Geste des Mitleids, aber die Herren warten nur stumm, bis er weiterberichtet.

„Für mich ist die Arbeit seit dieser Zeit nicht mehr die gleiche. Ich fühlte mich von Dirk persönlich gekränkt. Deshalb habe ich mich einige Monate auch nicht bei ihm gemeldet. Als ich es dann doch versucht habe, war seine Wohnung von jemand anderem gemietet, und seine Handynummer ist unbekannt. Es wundert mich, dass Sie nicht wissen, wo er sich aufhält. Wie kann das sein?“

Herr Schröder wirft seinem Kollegen einen flüchtigen Blick zu und sagt: „Die Miete für die Wohnung wurde ein halbes Jahr lang nicht bezahlt. Der Vermieter erwirkte eine Räumungsklage, damit war die Wohnung frei. Die Konten von Herrn und Frau Friesen wurden gepfändet. Das reichte, um die Wohnung …“

„Ich glaube, es handelt sich um vertrauliche Informationen. Denken Sie nicht, Herr Kollege?“

„Sie haben recht.“ Kommissar Schröder setzt sich bequemer hin und widmet sich seinem Kaffee.

„Wenn Sie den Zugriff von außen für möglich halten“, setzt Herr Beckmann neu an, „kann man die Zugriffe nicht nachweisen?“

„Ja und nein“, sagt Werner. „Es werden sogenannte Logdateien geführt, aber seit Längerem kommt es dort immer wieder zu Unregelmäßigkeiten. Bisher habe ich die Einträge unter wissenschaftlichen Aspekten und nicht unter kriminalistischen Gesichtspunkten betrachtet. Ich habe meinem Chef des Öfteren über Fehler in den Daten berichtet. Aber für ihn war immer alles in Ordnung. Das Militär lässt vieles an unseren Systemen erforschen. Dr. Grothe begründete damit einfach alles. Es ist nicht meine Sache, ihm Vorschriften zu machen. Für mich waren die Auswertungen einfach nur wertlos.“

„Haben Sie denn Zugriffe von außen beobachtet?“

Werner lacht. „Sie haben keine Vorstellung von unserer Anlage. Es ist kein PC, der unter unserem Schreibtisch steht. Es ist eine Software, die mit mehr als sechs Millionen Computern verbunden ist. Aber anders als in Ihrem PC soll unser System den Inhalt der Informationen verstehen. Es gibt kaum etwas Gelerntes, das nicht in irgendeinem Rechner gespeichert liegt. Es gibt kein Wissen in der Welt, das nicht theoretisch abrufbar wäre. Unsere wissenschaftliche Aufgabe ist, dem Rechner unsere Welt zu erklären. Die Ausflüge in den Cyberraum geben Aufschluss darüber, ob die virtuelle Welt logisch ist.“

„Also muss Herr Schröder“, Kommissar Beckmann sieht seinen Kollegen lachend an, als bemerke er erst jetzt, dass beide den gleichen Nachnamen haben. „Also, Alexander Schröder. Er muss nur an einen von sechs Millionen Rechnern gehen und könnte das Programm einspielen.“

„Das Programm kann sich auch selbst geschrieben haben.“ Werner zögert. Er überlegt, ob es Sinn macht, sich und die anderen Programmierer zu verteidigen, und ob er es überhaupt nötig hat. „Wenn ein Computer lernt, dann bedeutet dies, dass er ständig neue Programme schreibt.“

„Kann man die Programme nicht auslesen und sehen, ob das gesuchte Mörderprogramm dabei ist?“

„Wenn man nicht weiß, in welchem Kupferkreis sich die Spannung erhöht hat, dann kennt man auch das Programm nicht. Außerdem hat Alexander Schröder den Rechner neu gestartet, dadurch war der Rechner auf dem Stand von Dienstag.“

„Und auch der Neustart ist von jedem Rechner aus möglich?“

„Nein, eigentlich muss man dazu im Institut sein.“

„Und …“, dem Kommissar sieht man an, dass er das Katz-und-Maus-Spiel ohne emotionale Hingabe spielt. Werner dagegen hat einen Kloß im Hals.

„Was, und?“, fragt er.

„Und kann es dann Herr Schröder aus Neuseeland gewesen sein, wenn Neuseeland nicht hier ist, sondern einmal um die halbe Welt?“

„Ich weiß nicht, wo Alex ist. Für mich war er bisher immer im Institut. Alle Dateien, die ich seit einem Jahr zur Auswertung bekomme, sind im Institut erzeugt worden. Dann hat Dr. Grothe eben einen neuen Programmierer, den ich nicht kenne, und der arbeitet mit dem Profil von A. Schröder.“

Kommissar Beckmann sieht Werner Löb an, als stehe jetzt das Geständnis im Drehbuch. Er stellt sich mit nach außen zeigenden Ellenbogen vor ihm auf.

„Spielen wir hier einen Tatort? Meinen Sie wirklich, der große Unbekannte war's?“

„Ich kann Ihnen jedenfalls nicht mehr dazu sagen“, sagt Werner und lehnt sich auf seinem Stuhl zurück.

„Na schön, wir werden sicher noch voneinander hören, Herr Löb.“ Der Tonfall des Beamten gleicht jetzt einer hundertmal gespielten Platte. „Sie halten sich bitte zu unserer Verfügung.“

Vor dem Kommissariat sammelt Werner seine Gedanken. Er fragt sich, ob jeder mit dem Gefühl, ein Verbrecher zu sein, wieder aus diesem Haus herauskommt, oder bildet er sich nur ein, dass er jetzt unter Mordverdacht steht? Was weiß Gabriele über Alexander? Ist er wirklich in Neuseeland? Er steigt in sein Auto und fährt nach Hause, von dort ruft er Dr. Grothe an und meldet sich für den Rest des Tages ab.

Kurz darauf klingelt das Telefon. „Hallo Werner, hier ist Gabriele.“

„Mahlzeit, Frau Kollegin, womit kann ich dienen?“

„Du kommst heute nicht mehr …“ Ihr Tonfall lässt nicht erkennen, ob es eine Frage oder eine Feststellung war.

Zögernd antwortet Werner: „Ja, ich habe eben mit dem Chef telefoniert.“

„Warst du bei der Polizei?“

„Ja.“

Es entsteht eine Pause, Gabriele hatte wohl gehofft, Werner würde noch ausführlicher antworten.

„Wollen wir uns treffen?“, fragt sie spontan.

„Glaubst du, dass das gut ist?“, stellt Werner die Gegenfrage.

„Bitte“, sagt sie weiblich fordernd. Er hatte überlegt, wie er Gabriele am geschicktesten ausfragen könnte. Ihm ist die ganze Sache seit dem Verhör jedenfalls zu verworren. Aber er hätte nicht damit gerechnet, dass sie ihn ausfragen würde.

„Und wo?“, fragt er.

„Dein Italiener war doch gut, den finde ich auch wieder.“

„Na schön“, sagt Werner, „halb acht bei Monelli.“

Am Abend geht er zu Fuß dorthin. Was will Gabriele von ihm? Er ist neugierig. Als er das Restaurant erreicht, ist er zehn Minuten zu früh. Gabriele scheint noch nicht da zu sein.

„Hallo, Herr Löb", begrüßt ihn Monelli. „Ich habe eine E-Mail von Herrn Friesen erhalten, die ich an Ihnen weiterleiten soll. Aber Adresse, die er mir gab, funktioniert nicht. Hätte er ja sonst auch direkt schicken können, oder nicht?"

Werner stockt das Herz. Er nimmt das Blatt und liest: „Hallo Werner." In diesem Moment steht Gabriele hinter ihm und sagt: „Hallo Werner." Erschrocken über den Zufall und als wäre er bei etwas Verbotenem ertappt worden, steckt er den Zettel in die Tasche und dreht sich um.

„Hallo Gabriele", antwortet er mit gespielter Ruhe, „ich bin auch gerade erst gekommen."

„Wollen wir etwas Richtiges essen?", fragt sie, während sie zu einem Tisch gehen.

Werner hat den ganzen Weg zum Restaurant überlegt, wer mit welchem Satz und mit welcher Information wohl das Gespräch beginnen würde. Die Frage, was zu essen wäre, kam in seinen Überlegungen nicht vor.

Obwohl seine innere Anspannung einen Höhepunkt erreicht hat, antwortet er ruhig: „Ich nehme nur einen kleinen Salat, mir ist nicht nach Essen."

Monelli kommt zum Tisch: „Was darf es denn sein, Signore?"

„Für mich einen einfachen Salat und ein Bier bitte."

„Nanu, keinen Rotwein?"

Monelli sieht Werner an, als gehe mit seiner Bestellung die Welt unter, und Werner fällt tatsächlich ein, dass er hier noch nie etwas anderes als italienischen Rotwein getrunken hat. Trotzdem kommt es ihm vor, als ob sich alle verschworen haben, das Essen zum Hauptproblem des Abends zu machen.

„Nein, heute mal nicht", antwortet Werner.

Monelli wendet sich an Gabriele. „Und Sie?"

„Dann nehme ich auch ein Bier. Und einmal die Lasagne bitte."

„Gerne." Sie blicken beide Monelli hinterher, als fürchten sie sich, ohne ihn das Gespräch beginnen zu müssen.

„Schrecklich mit dem Unfall, nicht?", bricht Gabriele das Schweigen.

„Und rätselhaft", ergänzt Werner.

„Du warst heute bei der Polizei?", fragt sie vorsichtig.

„Ja, haben sie dich auch schon befragt?"

„Sie waren gestern im Institut."

„War Alex auch da?"

Werner beobachtet genau ihre Reaktion, aber statt ängstlich wie beim letzten Mal zu reagieren, scheint ihr die Frage diesmal willkommen zu sein.

„Er hat am Donnerstag das Programm neu gestartet."

„Das weiß ich schon, aber hat die Polizei ihn getroffen?"

Monelli bringt das Bier.

„Prost!"

Werner sieht freundlich in ihr Gesicht. „Sag mal ganz ehrlich, wann hast du Alex das letzte Mal gesehen?"

Gabriele scheint nun mit der Frage doch nicht mehr ganz einverstanden zu sein. „Dr. Grothe hat mir vorgestern Unterlagen von ihm gebracht."

„Die bekomme ich auch fast täglich. Aber ich darf nicht in die lächerliche Zone 1. Du bist immer dort. Wann hat Alex das letzte Mal in der Zone 1 gearbeitet, sodass du ihn gesehen hast?" Gabriele sucht mit ihren Augen den Italiener, ob nicht endlich das Essen kommt. „Wann?", fragt Werner in einem Ton, als wollte er sagen: „Ich weiß, dass du lügst, wenn du mir antwortest."

„Hat die Polizei etwas über Alex gefragt?“ Gabriele versucht das Gespräch in ihrem Sinne zu drehen.

„Für die Polizei ist er in Neuseeland.“

„Neuseeland?“, wiederholt sie ungläubig. „Weiß Dr. Grothe das?“

„Was?“

„Dass Alexander in Neuseeland ist.“

„Ist er denn in Neuseeland?“

Gabrieles Augen suchen das Restaurant wieder nach ihrem Essen ab.

„Wann hast du ihn das letzte Mal gesehen, oder wer macht die Auswertungen?“

Monelli bringt endlich das Essen. „So, einmal die Lasagne und den Salat. Buon appetito wünsche ich.“

„Vielen Dank. Mhm, sieht gut aus.“ Gabriele lenkt die Aufmerksamkeit auf das Essen.

„Guten Appetit“, sagt Werner, aber ohne ihr wirklich Zeit zum Essen zu lassen, fügt er hinzu: „Aber sag mir doch bitte, warum um A. Schröder so ein Geheimnis gemacht wird.“

Ihre Tomatensoße auf den Nudeln dampft. Ein leckerer Duft aus Knoblauch und Oregano steigt in seine Nase. Er sitzt hier, weil er endlich verstehen will, was in Zone 1 los ist. Aber er bekommt keine Neuigkeiten, sondern muss zusehen, wie sie ihm jetzt eine herrliche Lasagne vorisst. Als hätte sie seine Frage überhört, dreht sie kunstvoll einen dünnen Käsefaden um die Gabel. Sie hält die Gabel so, dass sich genügend Soße und Hackkrümel im Käse verfangen, und Werner läuft das Wasser im Mund zusammen.

Er hätte sich auch etwas bestellen sollen, ärgert er sich jetzt. Bevor Gabriele ihren nächsten Bissen vorbereitet, beugt er sich vor und sagt diesmal so streng, dass sie vor Erstaunen ihre Gabel sinken lässt: „Wer ist Alexander Schröder?“

„Ich kann es dir wirklich nicht sagen. Dr. Grothe ist völlig sauer, weil ich mich letztes Mal, als wir hier waren, verplappert habe. Du sollst glauben, er arbeitet am Institut. Ich verstehe auch nicht, warum die Polizei jetzt sagt, er sei in Neuseeland.“

„Und wo ist er?“

„Das kann ich nicht sagen, wirklich.“

Gabriele versucht einen beschwichtigenden Ton in die Antwort zu legen. Sie fährt nun damit fort, von ihrer Lasagne mundgerechte Stücke abzustechen.

„Aber du weißt demnach, wo er ist.“

„Nein“, sagt sie, während sie flüchtig hochsieht.

„Aber die Auswertungen, die ich bekomme, sind von Alexander Schröder, ich kenne den Stil meiner Kollegen.“

Werner verfolgt jeden Bissen, den sich Gabriele genussvoll in den Mund schiebt, während sie nur seinen Worten gespannt zuhört.

„Es ist jedenfalls nicht Dr. Grothes Arbeit und es ist auch nicht deine Arbeit. Wenn Alexander Schröder nicht in der Zone 1 arbeitet und das Geheimnis darin besteht, dass ich denken soll, dass er dort ist, dann bleibt die Frage: Wo ist er?“ Er sieht Gabriele mit etwas schrägem Kopf an.

„Die Auswertungen sind gar nicht von ihm“, antwortet sie mit vollem Mund und leiser Stimme.

„Doch“, sagt Werner bestimmt, ohne auch nur im Geringsten zu überlegen, ob sie recht haben könnte.

„Es sind nicht seine Auswertungen“, wiederholt sie, nachdem sie runtergeschluckt hat, und versucht, ihre Stimme dabei ein wenig energischer klingen zu lassen.

„Woher weißt du das?“, fragt er.

„Weil er sie nicht gemacht hat.“

„Und wer hat sie gemacht?“

„Nicht Alex.“

Gabriele denkt an das Gespräch mit ihrem Chef und wie weit sie sich schon wieder von der verabredeten Version entfernt hat. Es scheint ihr unmöglich zu sein, Werner glaubhaft anzulügen. Sie versucht deshalb jetzt, auf eigene Faust die Wahrheit herauszubekommen.

„Hast du den Brief geschrieben?“

Werner ist etwas überrascht. „Welchen Brief?“

„Im Drucker war ein Brief von Alex, warst du das?“

„Alex hat Prof. Flemming einen Brief gegeben, weil er Dr. Grothe nicht finden konnte. Ist das der Brief, der in den Drucker zurückkam?“

Jetzt ist Gabriele die Überraschte. „Quatsch, ich habe ihn selbst Dr. Grothe gegeben, als er bei Prof. Flemming war.“

Werner sieht schräg über ihr Gesicht hinweg, sein Blick versucht, seinen Gedanken zu folgen. Die Salatgabel, gerade auf dem Rückweg vom Mund zum Teller, hängt vergessen in der Luft. Dann sagt er nachdenklich, ohne sie anzusehen: „Und da hast du ihm erzählt, dass ich von dir weiß, dass Alex doch nicht in der Zone 1 arbeitet.“

„Woher weißt du das?“

Werner nimmt seinen abgebrochenen Bewegungsablauf wieder auf. Die Gabel nimmt geschmeidig eine Tomate aus dem Salat und schiebt sie langsam in den Mund, der sie genussvoll verspeist. Er sieht sie jetzt mit einem messerscharfen Blick an.

„Dr. Grothe hat dich unter Druck gesetzt, dass du mir jetzt erzählst, Alex arbeitet hinter der Tür.“

„Woher weißt du das?“, wiederholt sich Gabriele.

„Du teilst mit Dr. Grothe ein Geheimnis, von dem ich nichts wissen darf. Stimmt das?“

Seine Augen fixieren sie. Gabriele ist unruhig, sie bemerkt, dass sie schon wieder etwas Falsches gesagt hat.

„Vielleicht sind die Auswertungen ja doch von Alex“, sagt sie wenig überzeugend.

„Ich kann doch eins und eins zusammenzählen“, sagt Werner und sieht Gabriele über die Nickelbrille hinweg an, die ohne sein Zutun die Nase Stück für Stück heruntergewandert ist.

„Du erzählst Dr. Grothe, dass ich weiß, dass Alex nicht hinter der Tür arbeitet. Dr. Grothe scheint zu wissen, dass du mir den Glauben daran nicht überzeugend zurückgeben kannst, aber warum nicht?“ Ohne wirklich eine Antwort zu erwarten klopft er leise mit der Gabel den Takt seiner Gedanken auf dem Tisch. „Dr. Grothe und ich wissen, dass die Auswertungen aus der Zone 1 sind und von Alexander Schröder stammen.“

Werners Gedanken überholen den Takt der Gabel, die Gabel bleibt schlagartig ruhig. Werner schießt es durch den Kopf: Dr. Grothe hat seinen Traum wahr gemacht. Alexander ist im Cyberraum gefangen.

„Was ist?“, fragt Gabriele, die seine Erregung bemerkt hat.

Werner überlegt einen Moment. „Alex ist tot, stimmt’s?“

Gabrieles Gesicht verliert schlagartig die Farbe. Sie sitzt bleich, wie vom Blitz getroffen da. Sie stammelt: „Nein, nein“, aber Werners Blick hat jetzt alle Bedrohlichkeit verloren.

Er ist über seine Frage selbst erschrocken und realisiert langsam, was für eine grobe Anschuldigung er soeben ausgesprochen hat. Aber er sieht an ihrer Reaktion, dass er ins

Schwarze getroffen hat. Er sieht jetzt fast mitleidig in ihr ängstliches Gesicht.

„Hat die Polizei dir das gesagt?“, fragt sie mit fast erstickter Stimme.

„Erzähl einmal“, sagt er, während er ihre Hand zur Beruhigung zwischen seine Hände legt.

„Er hat mich vergewaltigt.“ Sie macht eine lange Pause und starrt auf ihren leeren Teller. „Als er in mich eingedrungen war, verkrampfte ich meine Hände, ich schlug um mich. Irgendwie hatte ich plötzlich die große Schere vom Schreibtisch in der Hand.“

Sie redet nicht weiter, sondern sieht nur weinend auf ihren Teller. Die fallenden Tränen verwandeln die Reste der Tomatensoße, wo sie niederfallen, in weihnachtlich anmutende Sternchen.

Nach einer Weile sagt Werner leise: „Und?“

„Ich rammte ihm die Schere in den Bauch und in die Brust, drei, vier, fünf Mal. Vielleicht noch öfter.“

Sie zieht ihre Hand aus seiner zurück und hält sich mit beiden Händen die Serviette vor das Gesicht.

„Und dann?“, fragt er nach einer weiteren langen Pause.

„Dr. Grothe kam zufällig herein. Er nahm mir die Schere aus der Hand und beruhigte mich. Er rief Prof. Flemming an und bat ihn, die Leiche zu verstecken. Dann fuhr er mich nach Hause. Im Auto habe ich immer wieder gefragt, ob er wirklich tot sei und warum er das für mich tue. Später habe ich immer wieder gefragt, ob man ihn hätte retten können.“ Sie schluchzt und schnäuzt sich die Nase. Sie sieht Werner mit roten Augen, aber ohne Weinen an.

„Prof. Flemming sagte mir später, ich hätte jedes wichtige Organ mindestens einmal getroffen. Sie haben ihn über die Klinik verbrennen lassen.“ Gabriele fängt wieder an zu weinen. „Ich bin eine Mörderin! Wie soll er nach Neuseeland gekommen sein?“

Werner trinkt einen Schluck Bier.

„Wärst du an meiner Stelle zur Polizei gegangen?“, fragt sie ihn.

„Alex war ein Schwein, du hast in Notwehr gehandelt.“ Sie hat ihre Tränen erneut abgetrocknet.

„Woher wusstest du, dass er tot ist?“

„Jetzt kenne ich ein Geheimnis“, sagt er. „Ich glaube, du würdest es nicht verstehen.“ Werner fällt die E-Mail in seiner Tasche wieder ein. „Ich möchte jetzt gehen. Ist es recht, wenn wir bezahlen?“

Für Gabriele kommt der Aufbruch etwas plötzlich. „Ich möchte jetzt nicht alleine nach Hause, ich habe Angst. Darf ich mit zu dir kommen?“ Gabriele ist eine attraktive Frau, aber trotzdem möchte er die Neuigkeiten des Tages erst einmal für sich verarbeiten.

„Du bist tapfer“, sagt er zu ihr. „Lass uns die Nacht lieber unter einem besseren Stern teilen.“

Werner ist überrascht, was für einen poetischen Satz er hervorgebracht hat, und Gabriele wundert sich, wie er ihre wirkliche Angst offensichtlich völlig missverstanden hat.

Sie gehen noch ein paar Schritte gemeinsam und dann geht jeder seinen eigenen Weg. Werner holt die E-Mail aus seiner Tasche und liest noch auf dem Nachhauseweg:

Sehr geehrter Herr Monelli,
bitte leiten Sie diese Mail an werner.loeb@icr.com weiter, oder geben Sie sie persönlich an Werner Löp.

Vielen Dank, D.Vriesen

Hallo Werner,

richte dir einen privaten E-Mail-Account ein und schicke mir deine Adresse an birkenwald@yahoo.de

Gruß D.F.

Werner steckt den Zettel wieder in seine Tasche und atmet tief durch. Was für ein Tag! Er fühlt große Erleichterung darüber, dass Dirk mit ihm in Kontakt kommen möchte. Er sieht in den Himmel. Es ist eine sternenklare Nacht. Als Werner neun war, starb seine Großmutter. Er blickte nachts in die Sterne und wusste, dass Oma jetzt irgendwo dort oben lebt. Aber wo ist Alex jetzt?

Darf er, genau wie der fliegende Holländer, nicht sterben? Der Abendstern ist heute besonders hell. Werner geht wie Hans-guck-in-die-Luft langsam weiter, er liebt den Blick in die unendliche Weite des Universums. Hier gibt es Raum und Zeit für seine Gedanken im Überfluss. Er malt sich aus, wie viel Tausend Jahre das Licht der Sterne unterwegs war, um nun in seiner Netzhaut zu verenden.

Erst als der Abendstern immer lautere Motorengeräusche von sich gibt und seine tiefsinnigen Überlegungen mit blinkenden Positionslichtern verhöhnt, konzentriert er sich wieder auf seinen Heimweg.

Gut, dass Dirk sich gemeldet hat, es gibt keinen anderen Menschen auf der Welt, mit dem Werner über seine heutigen Erkenntnisse reden kann.

* * *

Dirk kommt nach Hause. Eva sitzt schon am PC. „Darf ich auch mal kurz?“ Sie sieht flüchtig an ihm hoch. „Möchtest du mir nicht erst einmal einen Kuss geben?“

„Entschuldige bitte.“ Er küsst sie zur Begrüßung und geht dann doch erst einmal in die Küche und holt sich ein Glas Apfelschorle.

Eva kommt ihm entgegen. „So, bitte, mein Schatz. Wir sollten doch einmal über den Kauf eines zweiten PCs nachdenken.“

Dirk ruft seine Mails ab. Fünf Tage ist es her, dass er Monelli geschrieben hat. 24 Nachrichten hatte er gestern, aber nichts von Werner. Jetzt wieder 19 ungelesene Dokumente. Dirk ist aufgeregt.

„Gut“, sagt er, als er den Absender Wloeb@google.de sieht. So schnell hat er noch nie einen Doppelklick mit der Maus gemacht.

> Hallo Dirk,
>
> wo treibst Du dich herum?
>
> Warum schreibst Du mir nicht ins Institut oder nach Hause?
>
> Wo wohnst Du? Bitte lass dir sagen, dass ich nicht mehr böse auf dich bin. Wir müssen uns unbedingt treffen. Ich habe heute etwas erfahren, das wird dich vom Hocker hauen.
>
> Hast Du übrigens verlernt, deinen Nachnamen zu schreiben?
>
> Und ich heiße Löb!

Gruß Werner

Dirk ist überglücklich. Aber ist die Mail wirklich vom echten Werner Löb? Sie ist zwar nett, aber eine typische E-Mail, die auch vom System erzeugt worden sein kann, denkt er sich.

Er klickt auf Antwort und überlegt weiter. Das Computersystem hat die Person Werner bisher auf Ablehnung programmiert. Die Mail ist zwar belanglos, aber nicht ablehnend. Dann schreibt er:

Na, Werner,

bevor ich Dir alles schreiben kann, musst Du mir unbedingt eine kleine Inhaltsangabe von deinem vierzigsten Geburtstag schicken.

Meinen Namen habe ich mit Absicht falsch geschrieben. Ich erkläre es dir später.

Ich freue mich sehr, von Dir hören. Bist Du noch bei … Du weißt schon.

Schreibe seinen Namen nicht in Deiner Antwort.

Gruß, dein Freund DF

Mit leicht zitternden Händen schickt er die Mail ab und kontrolliert bei ‘gesendete Nachrichten‘, ob sie auch richtig übertragen wurde. Muss er seine Korrespondenz vor Eva verstecken, würde sie seine Mails lesen?

Schon am Abend kommt Werners Antwort. Dieser zeigt sich zwar verwundert über die Bitte mit der Geburtstagsfeier, aber er schreibt ein paar nette Zeilen über die Gartenparty im vorletzten Sommer. Er schreibt, dass Monikas Ohrring in die Bowle gefallen war. Dirk überlegt wieder, ob das Computerprogramm die Mail geschrieben haben kann.

Er erinnert sich nicht, dass eine Monika auf der Party war. Er überlegt, aber eine Monika kommt ihm nicht in den Sinn. Die Geschichte hat der Computer mit Sicherheit nicht aus seinem Gehirn gelesen, da ist er sich absolut sicher. Aber war es wirklich so?

Er liest die Mail ein zweites und ein drittes Mal, aber ihm fehlt der eindeutige Beweis, ob diese E-Mail wirklich von Werner ist. Dirk hatte gehofft, Werner würde etwas schreiben, an das er sich erinnern kann. Aber jetzt fällt ihm auf, dass er auch einer Beschreibung, an die er sich erinnert, keinen Glauben geschenkt hätte. Es wäre zu offensichtlich, dass sie dann mit BCV gelesen worden wäre. Egal was Werner tut, er kann ihn nicht vom Programm unterscheiden. Er grübelt darüber nach, wie er mit dem Kaktus Klarheit über Eva gefunden hatte, und überlegt, ob es mit Werner nicht ähnlich ginge. Wenn er Werner noch eine Mail schreibt, in der er den Birkenwald beschreiben soll. Wäre es ein Beweis, wenn er nichts über den Kaktus schreibt?

„Lässt du mich bitte noch mal an den Rechner?“

Eva steht hinter ihm und legt ihre Hände auf seine Schultern. Der Brief von Werner ist noch auf dem Bildschirm.

„Was liest du?“, fragt sie, während sie selbst auf den Bildschirm sieht. „Wer ist Monika?“ Eva hat mit weiblichem Blick den Frauennamen sofort gesehen.

„Werner Löb hat mir geschrieben, wir tauschen alte Erinnerungen aus. Auf seinem Geburtstag hat sie angeblich ihren Ohrring in die Bowle fallen lassen.“

„Ach, die!“, lacht Eva laut auf. „Das war eine blöde Kuh. Den ganzen Abend hat sie bestimmt hundert Mal ihren Ohrring abgemacht und jedem den Silberstempel gezeigt, damit auch wirklich alle wussten, wie teuer sie waren. Mein Gott, war das ’ne blöde Kuh.“

„Warst du dabei, als der Ohrring in die Bowle fiel?“

„Klar“, sagt Eva stolz, sodass man hören kann, wie sehr sie sich über das Missgeschick gefreut hat. „Danach lästerten wir doch, dass Monika Angelhaken im Ohr hätte, weil das Bowleglas wie ein Goldfischkäfig aussah.“ Eva lacht jetzt richtig von Herzen. „Hattest du dich nicht auch noch mit ihr über dein Poloshirt unterhalten? Sie hat doch bemerkt, dass es nicht von Lacoste war.“

„Ach, die war das.“

Jetzt erinnert sich auch Dirk wieder, wer Monika war. Aber noch besser ist, dass er sich jetzt ganz sicher ist, dass seine Mail den Cyberraum verlassen hat. Nur sein Freund Werner wusste, dass Monikas Ohrring in die Bowle gefallen war. Dirk hatte es vergessen. Diese E-Mail ist eindeutig nicht von dem System erzeugt worden.

„Darf ich bitte noch einmal ran?“, wiederholt Eva die Frage, für die sie eigentlich gekommen war.

„Gut, gut“, sagt er und schließt alle Fenster auf dem Bildschirm und steht auf. Er fasst seiner Frau ans Ohrläppchen und sagt: „Schöne Ohrringe.“ Sie lachen.

Er setzt sich im Wohnzimmer in seinen Sessel und schließt die Augen. Er fühlt sich, als stehe er auf einer großen, breiten Brücke, die zwei getrennte Welten miteinander verbindet. Er hat seinen besten Freund wiedergefunden. Eine einfache Geburtstagsparty und eine dumme Frau, aber zusammen mit dem Vertrauen in seine geliebte Eva erlebt er eine gigantische Verschmelzung, die zwei scheinbar getrennte Welten zusammenführt.

Die Zeitung mit dem Artikel über seine tödliche Tat brachte ihm die andere Welt auch näher, aber beklemmend und bedrohlich. Jetzt verspricht sie Geborgenheit, Freundschaft und Wohlbefinden. Er formuliert in Gedanken den Brief, den er Werner schreiben möchte. Würde er ihm glauben, wo er ist? Werner weiß auch, dass Dr. Grothe ein lebendiges Gehirn in den Cyberraum integrieren will.

Werner weiß auch, dass es niemals ein offizielles Projekt werden kann. Prof. Flemming hatte vor längerer Zeit eine angemeldete Studie, bei der hatte er einen Affenkopf drei Monate lang ohne Körper am Leben gehalten. Alle Funktionen des Körpers wurden von entsprechenden Apparaturen übernommen. Es war ein sehr erfolgreiches Experiment, aber die Reaktionen in den Medien waren so aufgebracht und empört, dass die Ethikkommission, selbst wenn ein Spendergehirn vorhanden wäre, Dr. Grothes Projekt nicht genehmigen würde.

Werner schrieb, dass er noch im Institut arbeitet. Aber wenn er noch bei Dr. Grothe ist, warum hat er ihn noch nicht im Cyberraum gefunden? Sein ganzes Profil müsste ihm bei den Auswertungen doch vertraut vorkommen. Dirk hat so viele Fragen.

Am nächsten Tag schreibt Dirk seinen Brief an Werner. Er ist im Büro und müsste eigentlich noch einige wichtige Unterlagen durcharbeiten, aber bevor der Brief an Werner nicht fertig ist, kann er sich sowieso nicht richtig konzentrieren.

Die Formulierungen dauern den ganzen Tag. Dirk schreibt und starrt dann minutenlang aus dem Fenster. Er löscht das Geschriebene und starrt wieder aus dem Fenster. Er beginnt den Brief von vorne. Er erklärt, er analysiert.

Als der Brief fertig ist, kopiert er die Datei auf eine Diskette und steckt sie in ein Fach seiner Arbeitstasche. Nach der Arbeit nimmt er seine Tasche und geht zielstrebig nach Hause. Noch bevor er den Brief von seiner Diskette abgeschickt hat, findet er eine weitere Nachricht von Werner vor.

> Hallo Dirk,
>
> ich muss Dich unbedingt treffen.
>
> Es sind Dinge vorgefallen, die mich zu einer Entscheidung zwin-

gen. Aber wie ich es auch wende, es bleibt immer eine verzwickte Situation für mich. Ich brauche dich als Freund, um mich zu beraten. Du bist der Einzige, dem ich mein Geheimnis anvertrauen kann.

Kannst Du mir Deine neue Adresse und Telefonnummer schreiben?

Gruß WL

Er liest die Mail von Werner und schickt seinen vorbereiteten Brief ohne weitere Korrekturen ab. Alle Antworten auf Werners E-Mail hat er im Büro schon mühevoll formuliert. Jeden Versuch, seine Situation im Brief vorsichtig zu umschreiben, hat Dirk verworfen. Es führte ihn immer zur direkten und ehrlichen Beschreibung.

Er ist im Cyberraum gefangen. Er hat es an den Birkenblättern entdeckt. Eva ist auch da, aber sie weiß davon noch nichts. Den Unfall mit dem Besucher hat er angedeutet und Werner gefragt, ob es Probleme gibt.

* * *

„Ist er schon da?“, fragt Dr. Grothe.

„Nein, siehst du doch. Setz dich hin.“

Prof. Flemming hat schlechte Laune. Er sitzt an seinem Schreibtisch und schreibt mit einem kostbaren Füllfederhalter etwas in eine Akte, die aufgeklappt vor ihm liegt. Dr. Grothe nimmt in einem Sessel der Sitzgruppe Platz, sodass er dem Professor schräg gegenübersitzt.

„Hat er dir gesagt, was er möchte?“, erkundigt sich Dr. Grothe.

„Nicht direkt, aber er schien ziemlich sauer zu sein. Er sagte nur, er wurde von der Kriminalpolizei befragt.“

„Was wollen die denn von ihm?“

Prof. Flemming sieht von seiner Akte hoch und wirft Dr. Grothe einen Blick zu, als wollte er fragen, ob er wirklich so dumm sei. Der Professor schreibt weiter und Dr. Grothe nimmt ein Fachblatt vom Tisch und blättert darin herum. Es klopft.

„Herein.“ Prof. Flemming geht zur Tür und begrüßt den eintretenden Hans Brüggen. „Guten Tag, Herr Brüggen.“

Dr. Grothe steht ebenfalls auf und geht auf den Gast zu. „Herzlich willkommen.“

Beide schütteln ihm die Hand, und während sie zur Sitzgruppe gehen, um Platz zu nehmen, bringt die Sekretärin ein Tablett mit Kaffee und Mineralwasser.

„Darf ich gleich zur Sache kommen?“ Hans Brüggen eröffnet das Gespräch, noch während Prof. Flemming damit beschäftigt ist, an jeden ein Fläschchen Wasser, die Gläser und eine Kaffeetasse zu verteilen.

„Sie waren bei der Polizei?“, erkundigt sich Dr. Grothe.

„Allerdings, und die Beamten erzählten mir, dass Sie, Dr. Grothe, Ihrem Angestellten Werner Löb fast täglich Unterlagen übergeben, die von Alexander Schröder erstellt wurden. Stimmt das?“ Hans Brüggen sieht sein Gegenüber wütend an.

Dr. Grothe lehnt sich, bevor er zur Antwort ansetzt, demonstrativ lässig auf dem Sofa zurück. Dann spricht er ruhig: „Sie wissen doch, dass Alexander Schröder in unserer Anlage ein relativ normales Leben führt. Für meine Arbeit am Institut ist er nach wie vor ein vollwertiger Mitarbeiter, auf den ich nicht verzichten kann. Die Informatiker, die wir zur Entwicklung und Betreuung der Programme haben, sind begrenzt. Außerdem wäre jeder neue Angestellte ein enormes Risiko für unsere Geheimhaltung.“

„Aber …“, setzt Hans Brüggen an, doch Dr. Grothe fällt ihm ins Wort: „Denken Sie nur an Dirk Friesen. Er hat gekündigt, nur weil wir ein paar Gehirndaten illegal gespeichert haben. Würden Sie Werner Löb fragen, ob er ein Experiment mit einem lebenden Gehirn betreuen würde?“ Er trinkt einen Schluck Wasser und wartet, ob jetzt jemand das Wort übernehmen möchte. Da es aber nicht der Fall zu sein scheint, spricht er weiter: „Alexander Schröder ist ein Glücksfall für uns. Wir behalten einen Programmierer, der für uns weiter die Auswertungen macht, mit dem einzigen Nachteil, dass Werner Löb ihm nicht begegnen kann. Aber auch in diesem Fall hatten wir Glück, weil nämlich Herr Löb jede Zusammenarbeit mit Herrn Schröder abgelehnt hat. Und dank Ihrer Hilfe“, er prostet Hans Brüggen mit seinem Glas zu, „haben wir von draußen nichts zu befürchten.“

„Nichts zu befürchten?“ Der Ton von Hans Brüggen ist immer noch wütend. Er hat nur auf einen guten Einsatz gewartet, um seinen Faden wieder aufzunehmen. „Sie haben sehr wohl etwas zu befürchten, wenn die Kriminalpolizei einen Programmierer sucht, weil durch ein Sabotageprogramm ein Mensch ums Leben gekommen ist.“

Hans Brüggen steht auf und stellt sich hinter seinen Sessel. Er beugt sich nach vorne und stützt seine Hände auf die Lehne.

„Warum haben Sie mich denn nicht informiert, als die Ermittlungen begonnen wurden? Haben Sie eigentlich eine Vorstellung davon, wie aufwendig es für mich war, seine neue Identität in Neuseeland aufzubauen?“

„Natürlich haben wir das“, sagt Prof. Flemming. „Aber wir haben auch eine außergewöhnliche Situation, die von niemandem vorhersehbar war.“

„Es ist nicht vorhersehbar, dass ein Todesfall die Polizei nach sich zieht? Es ist nicht vorhersehbar, dass die Polizei die Mitarbeiter befragt?“ Hans Brüggen steht wieder gerade. „Und es ist nicht vorhersehbar, dass es nicht gut ist, wenn einer der Mitarbeiter in Wirklichkeit in Neuseeland lebt?“

„Was hätten wir denn tun sollen?“, erkundigt sich Prof. Flemming.

„Mich anrufen!“ Dabei haut er seine Hände auf die Lehne. „Warum ruft ihr mich nicht an, wenn ein Toter in eurem Institut liegt? Der Geheimdienst hat großen Einfluss darauf, welcher Polizist die brisanten Fälle ermittelt. Aber die jetzt ermittelten Ergebnisse einfach zu vernichten, das ist unmöglich. Es ruft viel mehr unangenehme Fragen hervor, als man Nutzen von so einer Aktion haben kann.“

„Wir bitten um Entschuldigung.“ Dr. Grothe versucht, Ruhe in seine Stimme zu legen. „Wir hatten überlegt, uns mit Ihnen in Verbindung zu setzen, aber wir haben Ihre Möglichkeiten falsch eingeschätzt. Die Situation ist jetzt etwas verfahren, das sehe ich ein. Aber die Polizei hat uns beide noch nicht vernommen. Wir könnten abstreiten, Alexander Schröder im letzten Jahr gesehen zu haben. Da ihn Herr Löb auch nicht gesehen hat, müssen wir nur einen Urheber der Auswertungen erfinden. Wir müssen der Polizei glaubhaft erklären, warum Werner Löb denken sollte, dass Alexander Schröder im Institut ist.“

„Ihr macht Sachen mit mir.“ Hans Brüggen verzieht seinen Mund in einer Weise, die erkennen lässt, dass auch er nach einer Lösung sucht. „Na gut, ich helfe euch. Ich lege der Kripo ein Dokument vor, dass der israelische Geheimdienst den Cyberraum nutzt. Für diese Arbeit wird das Profil von A. Schröder verwendet. Das Problem um die Person Werner Löb ist damit gelöst, Sie können ihm eine Erklärung liefern, was es mit der Zone 1 auf sich hat. Ich bin sicher, es wird ihm einleuchten, dass die Arbeit des Geheimdienstes geheim bleiben musste.“

„Genial!“, platzt es aus Prof. Flemming heraus. „Mit Ihnen scheint alles so einfach zu sein, Herr Brüggen.“

Der Angesprochene lächelt, das Lob scheint ihm zu gefallen. Er nimmt wieder in seinem Sessel Platz und fragt: „Aber nun, meine Herren, ein anderes Thema. Ist denn eigentlich geklärt, wie es zu dem Unfall kommen konnte? Können Sie eine Wiederholung ausschließen, und was ist an der Sache mit dem Sabotageprogramm dran?“

Dr. Grothe antwortet ehrlich: „Leider wissen wir es noch nicht. Es scheint wohl klar zu sein, dass es die Elektronik gewesen ist, aber die Ursache im Programm zu finden ist schwer.“ Er blickt Hans Brüggen an, als wolle er bedauert werden.

„Aber Sie sind an der Sache dran?“ Hans Brüggens Frage klingt wie ein Befehl.

„Selbstverständlich.“ Dr. Grothe sieht dabei zu Prof. Flemming, als erwarte er von ihm irgendeine Unterstützung.

„Wir werden Sie von nun an mit Sicherheit auf dem Laufenden halten“, sagt dieser und steht von seinem Sessel auf, nachdem er gesehen hat, dass sich auch Hans Brüggen zum Abschied von seinem Sitz erhoben hat. Sie geben sich förmlich die Hand und dann verlässt der Geheimdienstmann das Zimmer.

„Du solltest am besten jetzt gleich mit Herrn Löb reden“, sagt der Professor, als sie alleine im Zimmer sind.

„Ich frage lieber erst einmal Frau Dohrmann, ob sie sich schon mit Werner Löb getroffen hat. Damit unsere Darstellung plausibel ist, muss sie den Israeli doch auch kennen.“

„Quatsch“, antwortet der Professor. „Wir können ihn doch auch vor ihr versteckt haben. Es ist doch immerhin der Geheimdienst.“

Andreas Grothe verzieht skeptisch den Mund. Dann zuckt er kurz mit den Schultern und sagt: „Na gut, meinetwegen.

Aber das stelle ich mir in der Praxis schwer vor, dass zwei Menschen ein Jahr lang im selben Raum arbeiten und sich dabei nicht treffen. Aber wenn wir beharrlich an der Darstellung festhalten, dann wird Frau Dohrmann hoffentlich diese Version nach außen vertreten."

* * *

Dirk hat eine E-Mail von Werner erhalten. Er teilt ihm darin eine neue Telefonnummer mit, die er über Voip eingerichtet hat. Jetzt kann er ihn jederzeit über das Internet anrufen.

Dirk wählt die Nummer.

„Löb", meldet es sich am anderen Ende.

„Hier ist Dirk" antwortet er.

„Bist du es wirklich?", fragt Werner verunsichert.

„Ja, du hast auch eine sehr andere Stimme, aber ich hoffe, du bist es wirklich."

„Du könntest mich übrigens auch wieder direkt zu Hause oder im Labor anrufen. Ich habe nach deinem Brief das System überprüft und eine Fangschaltung für meine Person entdeckt. Darum konntest du mich nicht erreichen. Aber es gab einen Reset für den ganzen Cyberraum, und dadurch ist die Umleitung wieder gelöscht."

„Was war das für ein Reset?"

„Alex hat den Cyberraum neu gestartet. Dir müssten letzte Woche zwei Tage verloren gegangen sein."

„Ich habe es gemerkt", sagt Dirk, „aber ich dachte, ich sei etwas durch den Wind. Ich hatte echt Stress, als ich bemerkte, was ich getan habe. Ich dachte, ich bin …"

Dirk redet nicht weiter, es fällt ihm schwer, über das Geschehene zu berichten.

„Was ist denn genau passiert?“ fragt Werner nach. „Erzähl doch mal.“

„Als ich bemerkte, dass ich hier gefangen bin, wollte ich unbedingt sehen, was von mir übrig ist. Ich wollte mit einer Kamera ein Bild von mir und Eva machen. Ich dachte an die Wanderer. Mir fiel ein, dass sie in Wirklichkeit im Computerraum sind. Sie sind dort, wo ich sein wollte. Ich zwang einen, vom Rathausplatz zum Institut zu gehen, und schickte ihn in den Besucherraum.“

„Aber das ist doch Schwachsinn“, wirft Werner ein, „kein Wanderer hat eine Kamera dabei.“

„Ich weiß“, antwortet Dirk kleinlaut. „Aber ich hatte das Gefühl, ich muss irgendetwas tun. Irgendwie musste ich in der neuen Situation handeln, die Dinge begreifen. Verstehst du?“

„Ist ja schon gut. Hinterher ist man immer schlauer“, sagt Werner.

„Na klar, mit Überlegung und Nachdenken würden die meisten Fehler nicht gemacht werden. Aber ich musste einfach …“ Seine Stimme klingt erstickt.

„Ist schon gut“, sagt Werner tröstend.

Dann nimmt er einen Plauderton an, als ob Dirk nie gekündigt hätte und er mit ihm diskutierte, was bei diesem Besucher denn eigentlich passiert sei.

„Das einzig Ungewöhnliche an dieser Wanderung war doch, dass eine Person in das gleiche Zimmer gegangen ist, wo er selbst real auch war.“

„Ja.“

„Und das hat ihn getötet?“

Werner macht eine lange Pause.

„Bist du noch da?“, fragt Dirk.

„Ja, ich überlege nur. Als wir damals viel im Cyberraum waren, sind wir gar nicht auf die Idee gekommen, uns selbst zu besuchen."

„Du hast recht, eigentlich wäre es doch für einen neugierigen, wissenschaftlichen Menschen ganz normal, das zu tun. Eigentlich sogar eine Selbstverständlichkeit."

„Hätten wir das Gleiche als Experiment durchgeführt, dann wäre es auch tödlich ausgegangen." Werners Stimme ist nachdenklich geworden.

Nach einer kleinen Pause fragt Dirk: „Ärgert dich unsere Dummheit, ein so wichtiges Experiment vergessen zu haben, oder genießen wir nachträglich unser Glück, selbst noch am Leben zu sein?"

„Was man auch immer darunter versteht, am Leben zu sein." Werner fühlt bei seiner Antwort plötzlich einen Kloß im Hals. In dem Moment, als er es ausgesprochen hat, wird ihm klar, wie taktlos es ist, Dirk mit seinem eigenen Tod zu konfrontieren. Er wechselt deswegen schnell das Thema: „Hast du eine Idee, was dabei genau im Programm passierte?"

„Es muss eine normale Rückkopplung sein. Ich glaube, du kannst sie im Programm leicht abfangen", erklärt Dirk.

„Erst mal muss ich es der Polizei nur erklären, was Herrn Ziegler getötet hat. Soll ich ihnen sagen, was mit dir ist? Soll ich Dr. Grothe verraten?"

„Der Polizei kann man doch sagen, er sei von sich aus zum Institut gegangen. Weil er eben neugierig war. Das Programm war an der Stelle eben fehlerhaft. Es geht doch nur um die Ursache."

Werner nickt am anderen Ende der Leitung. Für Dirk ist dadurch nur eine erneute Gesprächspause eingetreten.

„Werner?", fragt er.

„Ja, sorry, ich habe über das nachgedacht, was du gesagt hast. Ich denke, du hast recht, dass man der Polizei den Unfall erklären kann."

„Kannst du mir einen Gefallen tun?"

„Welchen denn?", fragt Werner.

„Versuche doch bitte, meinen Kopf, oder wie ich auch immer aussehe, zu finden und maile mir ein Foto oder etwas in der Art."

„Es ist wirklich eine groteske Situation -- ich telefoniere mit meinem besten Freund und er bittet mich, seine Leiche zu finden."

Dirk beruhigt ihn: „Zuerst dachte ich auch, ich sei tot, aber es ist nicht so. Was, glaubst du, würde die Polizei machen, wenn man uns entdeckt?"

„Keine Ahnung", sagt Werner. „Aber was ich dir unbedingt erzählen muss: Weißt du, dass Alex auch tot, also bei dir ist?"

„Echt …?" Dirk überlegt. „Ist ja logisch. Ich habe ihn vor dem Institut gesehen und mich schon gewundert, wie ein bekanntes Gesicht in mein Umfeld kam."

„Ich verstehe nicht", wirft Werner ein.

„Das Array mit den Raumkoordinaten wird doch nicht für jedes Profil ständig berechnet. Mir ist aufgefallen, dass ich nur konkrete Begegnungen habe, wenn ich sie durch einen Gedanken angestoßen habe oder selbst aktiv irgendwo hinfahre, zum Beispiel zu meiner Mutter."

„Echt, ist das so?"

„Du hast doch selbst die Begegnungen für unsere Wanderer programmiert. Warum sollte ein Profil von sich aus den Wanderer suchen?"

Werner lacht. „Für dich, von innen aus dem Cyberraum, ist es logisch, von hier draußen wäre ich natürlich nie darüber gestolpert. Soll ich etwas daran ändern?“, fragt Werner.

„Meinetwegen nicht, aber noch mal zu Alex.“ Dirk macht einen Gedankensprung zurück. „Hat er auch gekündigt?“

Werner erzählt Dirk ausführlich, was er über Alexander und den Mord herausbekommen hat: „Das Besucherlabor heißt jetzt Zone 1. Dort arbeiteten Alex und Gabriele angeblich zusammen, aber ich darf nicht mehr dort rein. Du weißt, was ich von Alexander Schröder gehalten habe, darum war es mir auch egal. Ich hatte ja selbst darum gebeten, ihm nicht zu begegnen.“

„Das weiß ich doch noch.“

„Aber durch den Unfall habe ich zufällig herausbekommen, dass er auch im Cyberraum ist. Gabriele hat ihn nämlich umgebracht, weil er sie vergewaltigt hat.“

„Ist nicht wahr -- arme Gabriele!“

„Lässt sich nicht mehr ändern. Aber höre, was ich dir sagen will. Heute war der Doktor da und erzählte mir …“ Werner muss lachen. „Er sagte, seit einem Jahr arbeitet bei uns der israelische Geheimdienst.“

„Hans Brüggen lässt grüßen!“, sagt Dirk.

„Eigentlich wollte ich den ganzen Laden auffliegen lassen, aber jetzt, wo ich weiß, dass du auch da drin bist …“

„Ich glaube, die würden den Saft abdrehen und dann erst überlegen, was man tun sollte.“

„Das glaube ich auch“, pflichtet ihm Werner bei.

„Sag mal …“, Dirk klingt verwirrt, „du bekommst die Auswertungen noch von Alex?“

„Ja“, sagt Werner.

„Er ging ins Institut!“

„Er arbeitet ja auch noch dort, nur eben virtuell."

„Warum lebt er dann noch?"

Werner versteht die Frage nicht. „Du lebst doch auch."

„Aber dieser Ziegler nicht. Er lebt nicht, weil er im Institut war."

„Ach ja …" Werner scheint langsam zu verstehen. „Alex verursacht keine Rückkopplung, dann hat Alex also noch keinen Schimmer."

„Genau", sagt Dirk. „Hätte ich meine Birkenblätter nicht entdeckt, ich glaube, ich würde es auch noch nicht wissen."

„Ach, deswegen Birkenwald. Coole E-Mail-Adresse hast du ausgesucht, Birkenwald at Yahoo. Finde ich gut."

„Die Post an dich sollte ja auch an allen Filtern vom Doktor vorbeikommen. Kannst du mich eigentlich auch anrufen?"

„Nein, in deiner Wohnung wohnt jemand anderes. Richte dir doch auch eine Internetnummer ein. Wir sollten auch nicht so lange telefonieren, nicht dass der Doktor plötzlich Verdacht schöpft."

Sie verabschieden sich noch mit einigen herzlichen Worten und legen dann auf.

Dirk kommt ein Gedicht von Schiller in den Sinn, das sie in der Schule lernen mussten. Ein Jüngling, der im Tempel den Vorhang der Weltenweisheit zerriss und sterben musste, weil sein Geist die Einweihung nicht aushalten konnte. Alex ist nur deshalb am Leben, weil er seine eigene Situation nicht begreift. Wenn er selbst ins Institut ginge, denkt er bei sich, dann bedeutet es für ihn den Tod.

Eva kommt ins Zimmer. „Soll ich Kartoffeln oder Reis zum Fisch kochen?"

Er sieht sie an. „Kartoffeln, schön mit geschmolzener Butter."

Er geht mit Eva zusammen in die Küche, aber seine Gedanken sind noch bei dem Telefonat. Wie wird sein Kopf ernährt? Warum ist es für ihn so wichtig, dass die Kartoffeln mit Butter übergossen werden? Er ist sich ziemlich sicher, dass Prof. Flemming die Blutversorgung seines Kopfes nicht an die Software gekoppelt hat.

„Lecker, nicht wahr?" Eva hat die Salatsoße abgeschmeckt und steckt Dirk einen Löffel zum Probieren in den Mund.

„Ja, lecker", antwortet er und seine Antwort kommt von ganzem Herzen, denn er hat wieder seinen Kopf im Sinn, für den die Nahrungsaufnahme vollständig von den Sinnen und der Lust am Essen entkoppelt ist. Er sieht seiner Frau zu, mit welcher Liebe sie die Zutaten für das Abendessen bereitet. Ginge es beim Essen nur um das einfache Sattwerden, was wäre das Kochen für eine Verschwendung an Zeit und Mühe.

Dirk riecht den Fisch in der Pfanne und Eva ist dabei, in einem kleinen Edelstahltopf Butter auszulassen. Ihm kommt in den Sinn, wie wohl das Foto oder der Film aussehen werden, den er von Werner erwartet. Das Kochen und das Essen verdeutlichen ihm, in welcher Weise seine Welt in zwei Teile zerfallen ist. Die eine Hälfte des Lebens, in der sein Geist nur noch maschinell funktionsfähig gehalten wird. Eine Maschine, die gewartet wird und Nahrung in irgendeiner Form verabreicht bekommt.

Auf der anderen Seite sein empfindendes Ich. Sein Wunsch und seine Fähigkeit zu fühlen, zu lieben und glücklich zu sein. Der Anblick der geschmolzenen Butter, die Eva vorsichtig über die knusprigen Fische auf dem Teller gibt, lösen in ihm ein tiefes Gefühl von Demut und Dankbarkeit aus.

„Warum haben die Menschen eigentlich das Tischgebet abgeschafft?", fragt er seine Frau mit gehauchter Stimme.

„Wie kommst du denn jetzt darauf? Möchtest du vor dem Essen beten?“ Sie legt ihren Kopf schräg und sieht ihn überrascht an. „Bei uns ist das Gebet vor dem Essen, glaube ich, nicht nötig, ich denke, dass ich kochen kann.“

„Haha“, sagt er und ihr Unverständnis reißt ihn wieder zurück zwischen seine Welten. Ihm fällt wieder der Affenkopf ein, der monatelang in der Klinik angeschlossen war. Den Affen hatte der Professor am Hals angeschlossen, denkt er und kneift sich in die Wange.

„Weißt du eigentlich, wie viele Nerven der Mensch im Gesicht hat?“

Eva hört ihm gar nicht richtig zu. Sie hat keine Lust, seinen Gedankensprüngen zu folgen. „Keine Ahnung“, sagt sie wie nebenbei und drückt ihm eine Schüssel in die Hand. „Hier, halt doch mal bitte.“ Er hält die Schüssel, während sie die Kartoffeln aus dem Topf umfüllt. „So, hinsetzen! Möchtest du ein Bier?“

„Oh ja, gerne, heute sogar mal zwei.“

* * *

Werner überlegt, wie er die Köpfe von Dirk, Eva und Alex finden kann, ohne bei seinem Chef Aufsehen zu erregen. Gabriele könnte ihm den Zutritt zur Zone 1 ermöglichen. Er ruft sie auf ihrem Handy an und bittet sie, die Tür aufzumachen. Sie tut es, wenn auch nur widerwillig.

„Was suchst du hier?“, fragt sie, als er hereinkommt.

„Ich muss kurz ans Systemterminal.“

Wie selbstverständlich geht er an Gabriele vorbei zur Hauptkonsole des Rechenzentrums. Er scannt die Eingabekonsolen und notiert deren Adressen. Es gibt drei neue Terminals als Hochleistungsverbindung, die er noch nicht kennt. Zwei wurden am gleichen Tag, die dritte zwei Wochen vorher angelegt.

Demnach ist Alex schon zwei Wochen länger dort, notiert er sich. Er macht noch einen Doppelklick auf den Kommentar und liest bei allen drei Verbindungen, dass sie für die Klinik Prof. Flemmings angelegt sind.

„Das hatte ich mir zwar schon gedacht“, sagt er, „aber nun weiß ich es.“

„Was weißt du?“, ruft Gabriele um die Ecke.

„Nichts, schon gut“, sagt Werner in der gleichen Lautstärke. Er hatte nicht bedacht, dass sie ihn hören kann. Er schaut kurz über seine Schulter, ob Gabriele auf ihrem Platz geblieben ist, dann lenkt er je eine Kopie der kompletten Auswertungen von den schnellen Verbindungen auf seine Adresse um. Er schließt alle Fenster auf dem Bildschirm und geht zu Gabriele.

„Warst du schon mal drüben in der Klinik?“, fragt er sie. Werner bleibt hinter einem einfachen Laborstuhl stehen und streicht die Spitze seines Zeigefingers zärtlich über die Holzlehne, während er auf ihre Antwort wartet.

„Nur im Büro vom Professor. Was willst du denn dort?“ Sie redet mit Werner, ohne ihre Aufmerksamkeit vom Monitor zu lassen, an dem sie gerade arbeitet.

„Meinst du nicht, dass es interessant wäre, einmal zu sehen, wie weit bestimmte Projekte in der Klinik sind?“, fragt er zaghaft, weil er bemerkt, dass sie sich gar nicht auf seine Frage konzentriert.

„Ich wusste gar nicht, dass dort überhaupt Projekte durchgeführt werden. Ich dachte, es ist eine normale Klinik.“

„Natürlich ist es eine normale Klinik, aber Prof. Flemming betreibt doch auch seit Jahren gemeinsam mit unserem Institut Grundlagenforschung. Es wundert mich, dass du davon noch nichts mitbekommen hast.“

Gabriele dreht sich jetzt auf ihrem Drehstuhl in seine Richtung und sieht ihn an.

„Das eine oder andere habe ich natürlich mitbekommen, ich bin ja nicht blöd. Aber ich mache hier lieber meine Arbeit, und das war's. Du merkst doch auch, dass es nicht gut ist, seine Nase in alles reinzustecken."

Werner nimmt jetzt auf dem Stuhl Platz.

„Das würde mir auf Dauer aber keinen Spaß machen. So zu arbeiten hat doch nichts mit Wissenschaft zu tun. Es gibt drüben jedenfalls einige gute Forschungsansätze."

Werner denkt noch einmal über das Telefonat mit Dirk nach. Mit einem Kollegen aus der Klinik hat er vor längerer Zeit in einem Projekt Nervenströme untersucht. Es war ganz überraschend, wie sich die Signale in den einzelnen Nervenbahnen zu Strukturen vernetzten.

Man kann das Wissen, wie offiziell behauptet wird, nutzen, um die Prothesentechnik zu verbessern, aber auch, um die Verbindungen zwischen Computern und Nervenbahnen zu realisieren. Wenn ein menschliches Gehirn am Cyberraum angeschlossen sein kann, ohne dass die Person dies bemerkt, dann haben sie bereits die Nervenstränge an ein Breitbandkabel angeschlossen.

„Ich muss nach drüben in die Labors, aber ohne dass der Doktor etwas bemerkt. Wenn du eine Idee hast, wie das gehen kann, dann hilf mir bitte."

„Ich habe keine Ahnung, wie ich dir helfen kann." Gabriele erhebt sich aus ihrem Stuhl und wirkt nervös, als ob ihr erst jetzt wieder eingefallen ist, wem sie eigentlich Zutritt zur Zone 1 verschafft hat. „Wenn du hier jetzt fertig bist, solltest du lieber wieder rüber gehen, nicht dass Dr. Grothe jetzt reinkommt."

Er lädt seine Kollegin auf einen Kaffee ein und sie gehen zusammen über den Gang in Werners Labor.

„Hast du mitbekommen, dass die Polizei die Ermittlungen eingestellt hat?“, fragt Gabriele.

„Wirklich? Na ja, wenn jetzt angeblich der Geheimdienst mitmischt, keine echte Überraschung.“

Gabriele sieht Werner völlig überrascht an.

„Weißt du auch, dass wir einen israelischen Mitarbeiter haben? - Woher weißt du das?“

„Vom Doktor persönlich“, sagt er wie beiläufig.

Sie sieht ihn noch erstaunter an. „Erst ist alles supergeheim vor dir, und nun erzählt er dir selbst alles? Aber wo arbeitet der Israeli denn? Ich habe ihn noch nie gesehen.“

Werner zuckt mit den Achseln. Er hat keine Lust, sein Wissen mit Gabriele zu teilen.

* * *

Eva kommt nach Hause. Sie hat sich ein neues Oberteil gekauft und möchte es gerne anhaben, wenn Dirk kommt. Sie geht ins Schlafzimmer und zieht sich um. Vor dem Spiegel betrachtet sie ihren Körper. Sie fasst ihren Busen etwa fünf Zentimeter über den Brustwarzen und zieht sie nach oben.

„So sähe er besser aus“, denkt sie. Sie legt einen BH an, der ihre Brust besser in der gewünschten Form hält, und zieht die neue Bluse über.

Dirk kommt nach Hause und gibt ihr einen Kuss. Gespannt erwartet sie seine Reaktion. Er will sich gerade setzen, da klingelt das Telefon. Es ist Werner über die neu eingerichtete Nummer.

„Grüß dich, Werner, wie geht es dir?“

„Ganz gut.“

„Hast du Neuigkeiten?“, fragt Dirk.

„Ich habe mir eure Daten auf meine Analyseleitung gelegt. Es macht richtig Spaß, endlich einmal eine volle Auswertung fahren zu können.“

„Dann bin ich dir ja jetzt ausgeliefert, erzähl doch mal ein bisschen.“

Werner fängt an zu lachen.

„Was gibt es da zu lachen?“, möchte Dirk wissen.

„Ich weiß nicht, ob ich es dir erzählen sollte.“

„Warum nicht?“, sagt Dirk energisch.

Werner muss wieder lachen.

„Sag schon …“ Dirk wird ungeduldig.

„Es geht um Evas Busen.“

„Bitte?“ Dirk reagiert beleidigt.

„Ich sagte doch, es wäre besser, nicht mit dir darüber zu reden.“

„Was hat denn Evas Busen mit den Daten zu tun?“

„Alles“, antwortet Werner. „Der Computer hat doch kein gescanntes Bild von ihrer Brust und muss es deswegen mit BCV ermitteln. In deinem Kopf finden sich aber völlig andere Daten als in ihrem. Es gibt jedes Mal einen schweren Ausnahmefehler, wenn es um Evas Busen geht.“

Jetzt lacht auch Dirk. „Aber wann geht es denn um ihren Busen?“

Er sieht vom Telefon um die Ecke ins Wohnzimmer, wo Eva sitzt und etwas verärgert in einer Illustrierten blättert.

„Du hast ja eine neue Bluse“, ruft er ihr zu, während er ihren Busen betrachtet. „Die sieht ja toll aus.“

„Wie bitte?“, fragt Werner am anderen Ende der Leitung.

„Schon gut, ich musste nur eben zu Eva sehen. Sie hat einen tollen Busen, du kannst es ja fest einprogrammieren."

„Ich glaube, das sollte ich nicht tun. Ich weiß nämlich nicht, wer noch mit diesen Daten arbeitet."

„Warst du schon im Labor, hast du unsere Köpfe gefunden?", will Dirk wissen.

„Noch nicht, ich kenne niemanden so gut, dass ich einfach hineinspazieren könnte und sagen, sie sollen mir mal die Toten zeigen."

„Du hast recht", sagt Dirk. „Aber ich habe noch eine Bitte: Wenn du an meine Datenbasis rankommst, könntest du nicht mein Gehalt etwas anheben?"

„Mein Gott, was hast du für Probleme. Ich dachte, du bist wenigstens frei von Geldsorgen."

„Ganz und gar nicht. Ich wollte den Rechner überlisten und stellte mir vor, ich hätte im Lotto gewonnen. Aber diese Möglichkeit ist so unwahrscheinlich, dass es vermutlich kein Rechner auf der Welt als Wahrheit akzeptiert."

„Aber wozu brauchst du Geld?", will Werner wissen.

„Die Miete steigt, Strom und Gas sind teurer geworden. Alles, was wir virtuell konsumieren, das müssen wir virtuell auch bezahlen", antwortet Dirk, sichtlich über Werners naive Ansicht überrascht.

Eva kommt um die Ecke. „Nun telefoniere doch nicht so lange", sagt sie. „Du hast auch noch eine Frau." Dirk lächelt ihr zu.

„Lass uns ein anderes Mal weitersprechen", sagt er ins Telefon.

„Ja, wir hören voneinander, tschüs." Er legt auf.

Dirk bestaunt nun angemessen ihre neue Bluse. Sie setzen sich im Wohnzimmer aufs Sofa und fangen bald an zu kuscheln. Dirk öffnet langsam die neue Bluse. Er streichelt ihre Haut und zieht ihr dabei geschickt auch den BH aus. Er betrachtet lustvoll ihren prallen, nackten Busen und denkt an die entfachten heftigen Ausnahmefehler.

* * *

Prof. Flemming sitzt mit Dr. Grothe in der First Class Lounge des Brüsseler Flughafens.

„Wie bist du mit dem Kongress zufrieden?“, fragt der Professor.

„Es ärgert mich, dass wir hier, in der Runde der Forscherkönige, keine wirklichen Ergebnisse zeigen konnten. Wir haben mit unserem Experiment zwar eine erstaunliche Normalität erreicht, was für uns persönlich sicher ein großer Erfolg ist, aber ich finde, es ist Zeit, unserem Vorhaben ein konkretes Ziel zu setzen.“

„Und was erwartest du?“

„Was ist denn für dich das Ziel unseres Experiments?“, fragt Dr. Grothe zurück.

„Wir haben bisher versucht, dass Menschen aus dieser Welt in deiner virtuellen Umgebung leben können und ich ihre Gehirne am Laufen halte. Dass sie nun sogar dort leben, ohne es zu bemerken …“

Der Professor nimmt mit einer ausladenden Geste die Hände auseinander, als wolle er lieber zeigen als sagen, welch großes Ziel sie schon erreicht haben.

„Nur dürfen wir es leider auf keinem Kongress vorstellen.“

Dr. Grothe nickt ihm zu.

„Aber wenn du mich nach einem Ziel fragst“, spricht der Professor weiter, „ich würde es gerne sehen, wenn wir jetzt wirkliche Verhaltensforschung betreiben würden. Kennst du Hiob aus der Bibel?“

Dr. Grothe blickt verwundert zu ihm hinüber. „Was hast du denn mit der Bibel?“

„Es fällt mir gerade so ein. Das ist eine schöne Geschichte, in der der Teufel und der liebe Gott an der Welt des Hiob herumdrehen. Sie wollen sehen, wie lange er bestimmte Situationen aushält.“

„Was aushält?“ Dr. Grothe sieht noch immer etwas verständnislos drein.

„Genau genommen spielen wir doch schon jetzt Schicksal für die drei.“

„Aber mir ist es zu wenig wissenschaftlich.“

Beim letzten Satz sieht der Professor einer Dame in blauem Kostüm hinterher, die eben in die Lounge gekommen und zu den Zeitungen hinübergegangen ist.

„Ist das nicht die Soziologin vom Kongress?“

„Psychologin“, verbessert ihn Dr. Grothe. „Ja, ich glaube, das ist sie. Ihr Name ist Frau Dr. Klausen.“

Die Frau kommt von dem Ständer mit den Zeitungen zurück und sucht nach einem freien Platz.

Prof. Flemming steht auf und stellt sich vor sie. „Guten Tag, Frau Dr. Klausen.“

„Dr. von Klausen“, wird der Professor, mit einer deutlichen Betonung des ‘von‘, verbessert.

„Ich bitte um Verzeihung, Frau Dr. von Klausen. Wir sind uns auf dem Kongress begegnet. Das ist mein Kollege Dr. Grothe, und mein Name ist Walter Flemming. Möchten Sie sich nicht zu uns setzen?“

„Sehr gerne, vielen Dank.“ Sie nimmt auf einem der gemütlichen Sessel Platz. „Mit einem Beitrag waren Sie aber nicht vertreten, oder?“

„Ganz richtig“, antwortet Dr. Grothe. „Diesmal waren wir nur Zuhörer.“

„Aber Sie haben doch auch schon einmal einen Vortrag über die Speicherung von Gehirndaten gehalten, das waren Sie doch?“

„Ja, das ist drei Jahre her.“

„Und seit drei Jahren keine Ergebnisse?“ Ihr Blick hat etwas Mitleidiges.

„Ganz und gar nicht. Wir arbeiten an vielen interessanten Projekten, und alle mit guten Ergebnissen. Aber leider sind sie als topsecret eingestuft.“ Jetzt sieht auch Dr. Grothe mitleidig aus.

„Ich bin sehr an Ihren Arbeiten interessiert. Ich fand es auch damals schade, was für ein Skandal aus Ihren Gehirnspiegelungen gemacht wurde. Hat es Sie eigentlich sehr zurückgeworfen?“

Das Handy von Prof. Flemming klingelt. „Hallo! -- Das ist ja eine Überraschung. -- Ja, Moment bitte.“ Er steht auf, und geht zum Telefonieren in eine der Telefonboxen, die sich am Rande der Lounge befinden.

„Hat es Ihre interne Arbeit sehr behindert?“, nimmt Frau Dr. von Klausen das Gespräch mit Dr. Grothe wieder auf.

„Die Frage ist nicht leicht zu beantworten. Dadurch, dass wir uns aus der Öffentlichkeit zurückgezogen haben, wir sind ja sogar mit dem Institut umgezogen, haben wir sicherlich weniger Impulse von außen erhalten. Aber wir konnten dafür sehr zielstrebig arbeiten. Frei nach dem Motto“, er lacht, „ist der Ruf erst ruiniert, lebt sich’s völlig ungeniert.“

Sie lacht etwas gequält mit, während Dr. Grothe seinen Scherz anscheinend sehr komisch findet.

„Glauben Sie, dass ich bei Prof. Flemming ein paar meiner Ergebnisse abgleichen könnte, ohne …“ Sie scheint nach einem passenden Wort zu suchen.

„Ohne es an die große Glocke zu hängen?“, hilft er mit einem Satzvorschlag.

Sie nickt. „Einige meiner Forschungen müssen nämlich auch im Verborgenen stattfinden, wenn Sie verstehen.“ Sie sieht ihn erwartungsvoll an.

„Können Sie ein paar Andeutungen machen, worüber Sie noch forschen?“, fragt Dr. Grothe sehr direkt.

Frau Dr. von Klausen steckt die Zeitung, die sie immer noch zum Lesen bereitgehalten hatte, in ihre Aktentasche. Dann setzt sie sich gemütlich zurück und beginnt auf die ihr gestellte Frage zu antworten.

„Wir haben an einem befreundeten Krankenhaus verstorbenen Patienten Proben verabreicht und dann versucht, die Wirkung der Stoffe im Gehirn zu verstehen.“ Sie sieht Dr. Grothe an, um seine Reaktion zu deuten.

„Wie wollen Sie einem Verstorbenen eine Probe verabreichen, die dann noch zum Gehirn gelangt?“

„Wenn uns mitgeteilt wird, der Patient ist jetzt verstorben, dann hinterfragen wir dies nicht lange.“

In diesem Moment kommt Prof. Flemming wieder dazu. Dr. Grothe lässt sich dadurch nicht stören und setzt die Unterhaltung fort.

„Wenn ich den Sachverhalt kurz objektiv wiedergeben darf: Sie haben lebendigen Menschen verbotene Substanzen gespritzt, kurz darauf sind diese verstorben.“

„Sie wären sowieso gestorben“, sagt Frau Dr. von Klausen trocken.

„Sie kennen Hans Brüggen?“, mischt sich Prof. Flemming ins Gespräch ein.

„Sie auch?“, fragt die Psychologin zurück.

„Er hat mich eben angerufen und sagte, wir würden uns prima ergänzen.“

„Wenn Sie auch mit Hans Brüggen zusammenarbeiteten, dann unterstelle ich Ihnen einfach“, sie sieht zu Dr. Grothe hinüber, „Ihr Mitleid mit meinen Patienten war nur gespielt?“

„Mit welcher Fragestellung haben Sie denn Ihre Versuche durchgeführt?“

Der Professor übergeht ihre Frage, die sie an seinen Kollegen gerichtet hatte, und beginnt das Gespräch von seiner Seite.

„Wir leben in einer Zeit, in der die Nachfrage nach psychopharmazeutischen Produkten das Angebot zu überholen droht. Kaum ein Grundschulkind, das nicht Ritalin oder sonst eine Droge einnimmt. Der Graben zwischen illegalen Drogen wie Heroin oder Kokain und wirtschaftlich wichtigen Drogen, die in der Apotheke verkauft werden, wird immer kleiner. Die Patienten werden immer resistenter, sodass immer stärkere Mittel auf den Markt kommen müssen. Um die Reaktion des Menschen auf neue Stoffe zu analysieren, könnte Ihr Wissen, lieber Herr Professor, von großer Bedeutung sein.“

„Mit welchen Methoden beurteilen Sie die Wirkung Ihrer Stoffe bisher?“, möchte Prof. Flemming wissen.

„Über die Glückshormone. Wir messen die Endorphine im Blut, und weil unsere Patienten in der Regel bewusstlos sind, ist eine Änderung des Hormonspiegels relativ eindeutig auf die Droge zurückzuführen. Wir wissen jedoch nicht, wie sich die Substanz im Wachzustand verhält.“

„Und Sie deuten an, mit den neuen Präparaten ist viel Geld zu verdienen?“ Dr. Grothes Frage zusammen mit seinem Blick ist ein Paradebeispiel für egoistische Gier.

„Ja, viel Geld“, antwortet die Wissenschaftlerin Dr. Grothe sachlich. Dann wendet sie sich zu Prof. Flemming: „Aber verraten Sie mir denn auch, an welchen Projekten Sie gerade arbeiten?“

Er sieht nach rechts und nach links, als befürchte er erst jetzt, dass sie belauscht werden könnten.

„Das alles, was wir hier sagen …“

„… ist streng vertraulich“, fällt ihm Frau Dr. von Klausen ins Wort.

„Wir haben drei menschliche Gehirne als komplexe Eingabekonsole mit dem Cyberraum von Dr. Grothe verbunden.“

„Das glaube ich nicht!“ Dabei schlägt sie ihre Hände überrascht auf die Oberschenkel. „Sie meinen richtig lebendige menschliche Gehirne?“

„Ja“, sagt Prof. Flemming, als sei es völlig normal, was er berichtet.

„Ich habe davon noch gar nichts mitbekommen, keine Veröffentlichung, nichts.“

„Frau Kollegin …“ Dr. Grothe sagt lieber mit seinem Gesichtsausdruck, wie dämlich er die Frage findet.

„Klar können Sie nicht von den Menschenversuchen schreiben, aber haben Sie nicht zuerst Tierversuche unternommen?“

„Ich habe in meiner Klinik einen Affenschädel drei Monate am Leben gehalten“, erzählt Prof. Flemming. „Die öffentlichen Reaktionen waren so bestürzend, dass wir alle weiteren Forschungen lieber diskret betrieben haben. Wir haben zweimal ein Hundegehirn an den Cyberraum angeschlossen, aber die Hunde sind jedes Mal nach zwei Wochen gestorben."

„Und dann haben Sie den Versuch mit den Menschen noch gewagt?", wundert sich Frau Dr. Klausen.

„Es war Zufall. Eine Mitarbeiterin hat einen Kollegen erstochen und uns um Hilfe gebeten. Er wäre seinen Verletzungen vermutlich erlegen. Ich hätte auch nicht damit gerechnet, dass er länger als zwei Wochen lebt. Aber er hat bis heute noch nicht einmal bemerkt, dass er im Cyberraum ist."

„Nein!" Sie haut sich wieder auf die Schenkel.

„Doch. Er arbeitet noch am Institut und macht ganz normal seine Arbeit."

„Und die anderen beiden, wer sind die?"

„Wir waren gerade ganz euphorisch über den guten Verlauf mit unserem ersten Experiment und überlegten, ob wir die Mitarbeiter von Dr. Grothe einweihen sollten."

Dr. Grothe unterbricht ihn: „Um die Programmierung optimal der Situation anzupassen, sind meine Informatiker von großer Wichtigkeit." Er sieht zu seinem Kollegen und bekommt signalisiert, dass er weitersprechen soll. „Am Nachmittag kam einer meiner beiden Programmierer und kündigte. Ich war außer mir. Es kam zum Streit und …" Dr. Grothe blickt auf den Boden.

„… wir hatten eine zweite Leiche", redet nun doch Prof. Flemming weiter. „Als ich nach drüben kam, rannte mir die Ehefrau hysterisch entgegen und sagte mir, Dr. Grothe habe ihren Mann umgebracht. Sie ging mit mir zurück zum Tatort und wir haben sie betäubt."

„Wir hielten es für sicherer, sie gemeinsam ans System zu koppeln. Da sie die gleiche Blutgruppe haben, können sie auch zusammen an einer Dialyse betrieben werden. -- Das spart Kosten", ergänzt Dr. Grothe.

Der Flug von Frau Dr. von Klausen wird aufgerufen.

„Ich bin begeistert von Ihrem Experiment. Ich rufe Sie gleich morgen früh an. Ich würde gerne so schnell wie möglich zu Ihnen kommen.“

„Sehr gerne. Auf Wiedersehen, und guten Flug.“

* * *

Dirk ist bei der Arbeit. Er hat wieder eine neue Baustelle, er hat wieder die gleichen Aufgaben. Er hat schon wieder bald Feierabend. Mit Werner telefoniert er jetzt regelmäßig, aber der erzählt ihm jedes Mal, dass er noch nicht zum Experiment in der Klinik vorgedrungen ist. Dirk ist antriebslos und gelangweilt. Er macht zwar seine Arbeit, aber seine Freude von früher scheint er verloren zu haben.

Die Welt erscheint ihm so sinnlos und langweilig. Nach Feierabend geht er zu Fuß nach Hause. In der Wohnung kommt ihm Eva entgegen. Als er noch im Flur seinen Mantel auszieht, sagt sie: „Hier, lies mal.“ Sie gibt ihm einen Brief und behält den Umschlag in der Hand, aus dem sie eben die zwei Blätter geholt hatte.

„Die spinnen doch …“

Er geht kopfschüttelnd ins Wohnzimmer, während er Eva die Papiere zurückgibt.

„Und nun?“, fragt sie ihn.

Dirk setzt sich aufs Sofa. Er ist müde. Früher hätte ihn der Brief vom Finanzamt aufgeregt, er wäre in Wut geraten.

„20.000 Euro Zahllast wegen einer Steuerschätzung. Was sollen wir jetzt machen? Wir haben das Geld doch nicht.“

Dirk zuckt nur mit den Schultern. Sie setzt sich dicht neben ihren Mann und nimmt ihn in den Arm.

„Ich habe schon einen Steuerberater angerufen. Angeblich hatten die uns schon einen Termin gesetzt, aber der ist verstrichen.“

Dirk schaut in die Augen seiner Frau und sieht ihre Angst. Als nähme er ihre Angst mit seinem Blick auf, fühlt er einen leichten Schwall von Wut gegen die Finanzbehörde, aber wie ein kleines Rinnsal im Wüstensand versickert sein Zorn im Nichts. Ihre Augen warten auf eine Antwort von ihm.

„Das ist doch ein Haufen virtueller Scheiße“, sagt er nach einiger Zeit und nimmt ihr noch einmal die Blätter aus der Hand und versucht daran innerlich Halt zu finden. Aber sein Gemüt rutscht wie an einem matschigen Steilhang immer wieder in die gleiche taube Ohnmacht.

Als er noch in der anderen Welt lebte, sind ihm die meisten Behörden unwirklich und virtuell vorgekommen. Und jetzt, wo er gefangen in einer simulierten und berechneten Welt lebt, versuchen gerade diese Nichtmenschen sein Leben zu zerstören.

„Es ist meine Schuld“, sagt er matt. „Ich habe auf das erste Schreiben nicht reagiert. Ich hatte irgendwie keine Lust.“

„Du bist mir einer.“ Sie setzt sich ihm aufrecht gegenüber. „Was meinst du mit ‘Ich hatte keine Lust‘?“

„Es war … Ich weiß auch nicht, was es war, aber es kann doch nicht sein, dass man zwei Wochen lang einen kleinen Hänger hat und dafür 20.000 Euro bezahlen soll.“

„Wie gesagt, ich habe mit einem Steuerberater gesprochen, und der sagt, die Einspruchsfrist ist abgelaufen. Es ist alles rechtens und man kann nichts mehr machen.“

Dirk lässt sich auf dem Sofa zurückfallen.

„Sag doch was“, bittet Eva.

„Was soll ich sagen? Ich weiß auch, dass wir das Geld nicht haben. Es geht hier nicht ums Geld, in meinem Leben ist etwas anderes faul.“

„Was ist faul? Erkläre es mir.“

„Schatz, ich weiß es nicht. Ich bin mit mir selbst nicht im Reinen. Ich tue meine Arbeit, ich lebe hier mit dir, aber ich fühle mich irgendwie dumpf und gefangen.“

„Kann ich irgendetwas für dich tun? Wollen wir irgendwo hingehen?“

„Das würde mich zwar ablenken, aber es ändert nichts. Ich habe es auch schon versucht, ich war doch neulich sogar im Fitnesscenter.“

Eva ist in der Zwischenzeit kurz aufgestanden und hat eine CD eingelegt. Sie startet die Musik sehr leise und setzt sich wieder zurück.

„Leg dich auf den Bauch, ich massiere dir den Rücken.“

Er folgt ihrem Befehl und schließt seine Augen. Sie hat sein Hemd nach oben geschoben, knetet und streichelt nun seinen starken Körper, während er ihre Hände auf seinem Rücken genießt. Sein Inneres versinkt langsam in einem tiefen Schlund aus ungelösten Problemen. Hans Martin Ziegler, der Wanderer, taucht in seinen Gedanken auf, die Erinnerung an einen Menschen, den er getötet hat. Der Schuldenberg baut sich vor ihm auf, den er als ungerecht und gemein empfindet.

Er versucht, das Irreale seiner Welt für die Probleme heranzuziehen, aber es gelingt ihm nicht. Die Finanzgesetze sind drüben wie hier dieselben. Da gab es weiß Gott Schwierigeres zu programmieren, als einen Gesetzestext in die Datenbank zu kopieren, denkt er bei sich. Mit Werner unterhält er sich manchmal darüber, ob Eva erfahren sollte, wo sie sind. Aber sie ist so unbekümmert, dass Dirk es nicht übers Herz bringt, ihre heile Welt zu zerstören. Im Augenblick beneidet er sie, ihrer Unbekümmertheit wegen. Es ist auch nicht die Welt da draußen, die ihm Sorgen bereitet. Er ist sicher, dass er die gleiche Krise auch in der anderen Welt durchleben müsste, weil es seine Seele ist, die krank ist. Die Balance zwischen innen und außen, sie stimmt nicht mehr.

„Was denkst du?“, fragt Eva in die Stille seiner Gedanken, ohne dass ihre Hände die zärtlichen Bewegungen unterbrechen. Er wartet ein paar Rhythmen ihrer Finger ab, bevor er langsam mit tiefer Stimme spricht: „Das Leben ist so mächtig, und unser Schicksal hat uns so fest im Griff. Aber trotzdem gestalten wir noch so viel und verändern damit unser eigenes Schicksal und auch das Leben. Wo ist die Mitte? Was glaubst du, Eva, verwandeln wir die Welt stärker, als die Welt uns gestaltet?“

Eva denkt über seine Frage nach. Unbewusst werden die Bewegungen ihrer rechten und linken Hand gleichmäßig, wie um die Wirbelsäule herum gespiegelt.

Es scheint, als hätten die Hände sofort verstanden, dass alles im Leben um eine Mitte gespiegelt sein muss. Fehlt die Mitte, dann bricht etwas auseinander und das Leben verliert seinen wertvollsten Aspekt.

„Ich verstehe deine Frage nicht“, antwortet sie und nach kurzer Überlegung fügt sie hinzu: „Die Welt ist doch schon fertig, was meinst du mit gestalten? Das Meer? Den Wald? Die Vögel oder den Wind? Oder meinst du die Menschen? In unserem Herzen ist die Liebe, im Bauch ist die Angst und in unserem Kopf ist Wissen.“ Sie lächelt verschmitzt. „Und wo ist die Leidenschaft?“ Bei diesen Worten packt sie seinen Körper rechts und links fest mit ihren Händen und schüttelt ihn sanft, während ihr Mund zärtlich in seinen Hintern beißt.

„Au, nicht so doll!“, brummelt er.

„Das ist die Leidenschaft, die Leiden schafft!“, lacht sie fröhlich und fragt: „Das tat doch nicht weh?“

„Doch“, sagt er beleidigt.

„Das hier tut weh!“, widerspricht sie und will noch einmal in seinen Po beißen, aber Dirk wendet sich blitzschnell um, noch bevor ihr Mund ihn erreichen kann.

Er sieht Eva an, die anscheinend mehr Lust auf liebevolle Albernheiten hat. „Ich fand es gerade schön, mich mit dir zu unterhalten.“

„Das will ich auch, aber du sahst gerade so lecker aus.“ Eva zieht sein Hemd wieder herunter und kniet sich vor das Sofa. Dann sagt sie sachlich: „Also wiederhole bitte noch einmal deine Frage.“

Dirk hat durch das Herumalbern den roten Faden seiner Gedanken verloren. Er setzt von Neuem an, indem er Eva fragt: „Wo verläuft für dich die Grenze von innen und außen?“

„Wo die Grenze ist? Für das Körperliche ist es doch eigentlich klar, oder nicht?“ Sie sieht in seine müden Augen, ob ihm ihre Antwort recht ist.

„Für dich ist es unser Körper, stimmt’s?“

Eva nickt zustimmend.

„Dann wäre die Abgrenzung zwischen dir und der Welt natürlich sehr einfach. Aber das ist nicht die Grenze von Innenwelt zu Außenwelt. Stell dir einen schönen Mann in einem schönen Anzug vor und den gleichen Mann, in Lumpen gekleidet. Die beiden können doch nicht in der gleichen Innenwelt leben. Oder der Fahrer eines sportlichen Autos. Er ist zwar dadurch nicht sportlicher, aber er verschiebt die Grenze von seinem nackten Körper nicht nur bis zum Anzug, sondern weiter bis zur Karosserie seines Wagens.“

„Meinst du?“

„Er fährt den Wagen, um gesehen zu werden, stimmt’s?“

„Ja, stimmt, na und?“

„Wenn man gesehen werden will, dann versteckt man sich doch nicht in einem Blechgehäuse, egal wie schön es ist, dann käme man dort heraus. Nur weil das Auto zum eigenen Lebensgefühl gehört, fühlt man sich selbst gesehen.“

„Das klingt zwar logisch, aber dann ist auch unsere Wohnung noch nicht die Außenwelt.“

„Habe ich auch nicht behauptet. Ich habe gesagt, es ist schwer, die Grenze zu finden.“

Dirk und Eva sitzen noch den ganzen Abend und unterhalten sich. Eva wird dabei mit jedem Satz schwerer ums Herz. Sie spürt und vernimmt die Qualen, die seine Seele erleiden muss. Sie erkennt hinter allem, was er ihr mit klarem Verstand und seinem typischen Scharfsinn erzählt, eine neue, tiefe Traurigkeit. Sie nimmt von Zeit zu Zeit seine Hand und beobachtet sein Gesicht. Es ist, als ob seine Seele eine andere Farbe bekommen hätte.

* * *

Werner Löb studiert die aktuellen Auswertungen. Es gibt kaum noch irgendwelche nennenswerten Alarme. Er studiert die Logdateien der Eingabegehirne, die er auf seinen Platz durchgereicht hat, und macht sich Sorgen. Von Dirk gehen kaum noch Impulse auf die Welt aus. Am Telefon ist er auch nicht mehr der Alte.

Er überlegt, ob er nicht einfach zu Dr. Grothe hingehen und ihm erzählen sollte, dass er alles weiß. Dann könnte er darauf bestehen, in der Klinik in das Experiment eingebunden zu werden. Er sieht noch mal auf die Daten. Vielleicht ist es der beste Weg, um Dirk zu helfen. Er hört im Flur Stimmen und Schritte, die näher kommen.

„Guten Tag, Herr Löb.“ Dr. Grothe und Frau Dr. von Klausen haben das Labor betreten. „Ich möchte Ihnen eine Kollegin vorstellen. Frau Dr. von Klausen ist Psychologin und interessiert sich sehr für unsere Arbeit."

„Sehr angenehm." Werner gibt der Frau die Hand. „Welcher Art ist Ihr Interesse als Psychologin, wenn ich fragen darf?"

„Ganz recht, die psychologischen Aspekte interessieren mich besonders. Sie erzeugen mit ihrem Programm doch verschiedene Persönlichkeiten zur Darstellung der künstlichen Menschen. Auf den Algorithmus bin ich sehr neugierig."

Werner dreht unauffällig die Daten auf seinem Schreibtisch um, während er ihr höflich antwortet. „Da muss ich Sie leider enttäuschen. Seit den 80er-Jahren gibt es in Amerika ein Programm, welches fast alle Psychologen in ihren Sitzungen verwenden. Die Software ist darauf spezialisiert, die Intention einer Frage oder einer Aussage zu erkennen und dann entsprechend der eigenen Aufgabe zu reagieren. Wir haben eine Lizenz erworben und lassen unsere Personen über dieses Programm kommunizieren."

„Sehr interessant! Wirklich, sehr interessant."

Werner sieht Frau Dr. von Klausen misstrauisch an. Sie kennt das Programm mit Sicherheit, und dass es hier im Einsatz ist, hat Dr. Grothe schon vor Jahren publiziert. Dr. Grothe bemerkt Werners skeptischen Blick und geht zu seinem Besuch.

„Dann lassen Sie uns jetzt ins andere Labor gehen. Dort können Sie eine kurze Wanderung in unseren Cyberraum machen."

Nach einer flüchtigen Verabschiedung ist Werner wieder alleine in seinem Labor. Er sortiert seine Gedanken, dabei dreht er den Zettel mit den Daten wieder um. Plötzlich schließt er hektisch die Tür und greift zum Telefon.

„Hallo Dirk, ich bin's, Werner. Du musst sofort zum Rathausmarkt und dir eine Besucherin einprägen, die jetzt kommt."

„Wieso?", fragt Dirk lustlos.

„Der Doktor war eben mit einer Besucherin hier. Irgendetwas läuft da, das habe ich im Gefühl, aber ich habe keine Ahnung was. Wenn du mir von dort helfen willst, laufe bitte zum Rathaus und versuche herauszubekommen, was sie tut. Ich gehe in den Kontrollraum und versuche sie etwas hinzuhalten."

„Na gut, dir zuliebe. Ruf mich nachher noch mal an."

Werner legt auf und klopft an die Tür von Zone 1. Gabriele öffnet ihm und flüstert: „Er ist hier drin."

„Schon gut", sagt Werner laut und drängelt sich an Gabriele vorbei.

„Was machen Sie hier?", fragt Dr. Grothe, so streng es ihm möglich ist, ohne seinen Besuch merken zu lassen, dass es eine unnormale Situation ist.

„Wir haben zum Schutz unserer Besucher einige Updates vorgenommen, die würde ich gerne noch einmal kontrollieren."

„Haben Sie das nicht schon gemacht?", fragt Dr. Grothe zu Gabriele Dohrmann sehend.

„Es müsste alles in Ordnung sein", antwortet sie mit einem fragenden Blick zu Werner, der aber schon an einer der Hauptkonsolen Platz genommen hat.

„Herr Löb ist unser bester Programmierer", sagt Dr. Grothe, während er nun fragend zu Frau Dr. von Klausen blickt, aber Werner dabei stolz die Hand auf die Schulter legt.

„Oh, vielen Dank, Herr Doktor", sagt Werner geschmeichelt, aber er denkt, dass ja sowieso kein anderer Programmierer mehr da ist.

„Das müsste so gehen“, sagt er nach einer Weile und zu Frau Dr. von Klausen gerichtet: „Ich wünsche dann eine gute Reise.“

* * *

Frau Dr. von Klausen ist kurz danach auf dem Rathausmarkt. Sie sieht sich kurz um und geht dann mit flottem Schritt zu der Adresse von Dirk und Eva Friesen, die ihr Dr. Grothe gegeben hat. Sie klingelt an der Tür, Eva Friesen öffnet wenig später.

„Guten Tag, Frau Friesen. Mein Name ist Britta Wegner, wir führen eine Verbraucherbefragung durch. Ist Ihr Mann Dirk Friesen im Haus?“

„Das tut mir leid, er ist eben kurz weggegangen.“

„Können Sie mir sagen, wann er wiederkommt?“

„Er hat mir nicht gesagt, wohin er geht. Es tut mir sehr leid.“

„Dann komme ich später noch einmal wieder. Danke schön.“

Sie geht langsam die Treppe hinunter. Hatte Dr. Grothe nicht eben noch gesehen, dass Dirk in seiner Wohnung ist? Lügt seine Frau? Die Psychologin erkannte, dass sie sie am liebsten hereingebeten hätte. Sie machte daher nicht den Eindruck, als würde sie lügen. Aber die Drogen, die sie Dirk Friesen verabreicht, müssten in der jetzigen Dosierung schon so stark sein, dass er von sich aus gar nicht in der Lage sein dürfte, so spontan das Haus zu verlassen.

Eva schließt die Haustür. Sie hat der Frau durch den Türspalt noch eine Weile hinterhergesehen. Früher kamen andauernd irgendwelche Zeitungsverkäufer, Menschen aus Werkstätten für Behinderte, die Bürsten verkaufen wollten, oder Kinder, die für das Rote Kreuz sammelten. Es war ihr gar nicht aufgefallen, dass dieses Hausieren irgendwann plötzlich aufgehört hatte. Diese Frau ist nach langer Zeit der erste fremde Mensch, der an ihrer Tür geklingelt hat.

Der Besuch ist längst unten angekommen und hat das Treppenhaus verlassen, aber Eva ist mit ihren Gedanken noch ganz bei ihr. Sie hört Dirk die Treppe hochkommen und öffnet wieder die Tür.

„Oh, Dirk, ist dir eine Frau entgegengekommen? Lauf schnell hinter ihr her, sie wollte zu dir."

„Die kenne ich nicht", antwortet er, ohne seinen Weg aufwärts auch nur im Ansatz zu unterbrechen. „Was wollte sie denn?", erkundigt er sich.

„Die machen eine Befragung."

„So, so."

„Wo warst du denn?", will Eva wissen.

„Nur ein wenig spazieren gehen."

„Die Frau ist seit langer Zeit die erste Fremde an unserer Tür gewesen. Ist es dir schon aufgefallen, dass eigentlich nie irgendwelche Hausierer kommen?"

„Auch die Frau war nicht fremd. Sie kommt von Dr. Grothe."

„Quatsch." Eva sieht ihn ungläubig an. Er geht an ihr vorbei in die Stube. „Quatsch", sagt sie noch einmal, aber Dirk antwortet nicht. Kopfschüttelnd geht sie in die Küche und holt Kaffeegeschirr.

„Warum sollte Dr. Grothe eine Befragung durchführen?", fragt sie, während sie kurz darauf den Kaffeetisch deckt.

„Er macht es eben. Hat sie dir ihren Namen gesagt?"

Eva überlegt. „Ich glaube sie hat sich mit Namen vorgestellt. Warte…" Sie tippt sich mit dem Zeigefinger an die Nasenspitze. „Der Nachname ist Wegner. Ich fand die Sängerin Bettina Wegner so toll. Den Vornamen habe ich vergessen."

„Wir werden schon herausbekommen, was sie wirklich von uns will."

Eva geht wieder in die Küche, um den Kaffee zu kochen. Dirk nimmt das Telefon und ruft Werner an.

„Hallo Werner, ich bin's."

„Und? Warst du rechtzeitig da?"

„Ja, ich hätte aber auch hier warten können, sie ist nämlich zielstrebig zu uns gelaufen."

„Hast du sie getroffen?"

„Nein. Ich habe vor dem Haus gewartet, als sie reinging. Weißt du eigentlich, wie sie heißt?"

„Dr. Grothe hat ihr im Raum den Namen Britta Wegner gegeben. Es ist aber Frau Dr. von Klausen, eine Psychologin. Ich muss Schluss machen, Dr. Grothe kommt, glaube ich."

„Mach's gut, bis dann."

Eva kommt mit dem Kaffee herein. „Mit wem hast du telefoniert?"

„Ich habe Werner Löb angerufen."

„Ihr scheint ja wieder häufig Kontakt zu haben. Davon hast du mir gar nicht richtig erzählt."

„Wir telefonieren von Zeit zu Zeit."

Dirk nimmt die Zeitung und versteckt sich dahinter. Er muss aufpassen, was er Eva erzählt. Wie sollte er ihr zum Beispiel erklären, dass er Werner nicht einladen kann?

Als hätte sie seine Gedanken gelesen, sagt sie: „Lade ihn doch mal wieder ein."

„Mal sehen.“

* * *

Dr. Grothe kommt zu Werner ins Labor. Er nimmt sich einen Stuhl und setzt sich raumgreifend, mit verschränkten Armen in die Mitte des Zimmers.

„Ich glaube, wir müssen uns mal unterhalten, Herr Löb“, sagt er streng.

„Gerne“, antwortet Werner gelassen und schiebt seine Nikkelbrille nach oben. Er dreht seinen Stuhl so, dass er seinem wartenden Chef gegenübersitzt.

„Wir hatten uns doch geeinigt, dass die Zone 1 von Ihnen nicht betreten wird. Ich war sehr überrascht, dass Sie dort wie selbstverständlich ein- und ausgehen.“

„Als Herr Ziegler verunglückte, haben Sie mich doch selbst dorthin gerufen.“

„Und damit, glauben Sie, ist meine Anweisung für immer aufgehoben?“

Werner antwortet nicht. Er wartet, ob sein Chef weiterreden wird. Dieser verschränkt aber nur erneut die Arme und wartet auf eine Antwort.

„Ich wollte nur sichergehen, dass Ihrer Kollegin nicht Ähnliches passiert“, sagt Werner schließlich.

„Aber Sie gefährden meine Versuche mit Ihrem eigenmächtigen Handeln.“ Auch wenn Dr. Grothe diesmal keine Frage gestellt hat, nimmt er wieder die gleiche fordernde Haltung ein.

Werner sagt in ruhigem, aber bestimmten Ton: „Früher haben wir unsere Experimente abgestimmt und koordiniert. Heute teilen Sie die Auswertungen geschickt zwischen Alexander Schröder und mir auf, sodass keiner genau weiß, was wir eigentlich erforschen.“

„Das haben Sie richtig erkannt, und das soll auch so sein. Aus diesem Grunde möchte ich nicht, dass Sie sich in Dinge einmischen, die nicht in Ihre Zuständigkeit gehören. Haben Sie mich verstanden, Herr Löb?“

„Ich arbeite schon lange Zeit an Ihrem Institut. Ich habe Ihre Entscheidungen immer akzeptiert und mich Ihnen gegenüber loyal verhalten. Trotzdem verbannen Sie mich immer weiter von den interessanten Arbeiten. Ich wünsche, dass Sie mir vertrauen.“

„Aber ich vertraue Ihnen doch, lieber Herr Löb. Aber manchmal schützt man seine Mitarbeiter, indem man ihnen bestimmte Informationen vorenthält.“

Der böse Blick des Chefs wird durch gespielte Väterlichkeit überdeckt. Werner versucht, seinen ruhigen Ton zu behalten.

„Wenn der Mitarbeiter die Informationen aber trotzdem erfährt, dann wird aus dem Schutz ein albernes Katz-und-Maus-Spiel.“

„Ich kann Ihnen nicht ganz folgen.“ Dr. Grothe scheint etwas nervös zu werden. Er hat unbewusst eine neugierige, nach vorne gebeugte Haltung eingenommen.

„Kennen Sie die Ursache für den Unfall?“, fragt Werner.

„Es war Sabotage durch Alexander Schröder.“

„Das war die Version für die Polizei, bevor der israelische Geheimdienst hier auftauchte. Aber Sie wissen, dass es nicht stimmt.“

Dr. Grothe weicht aus. „Wir haben eine elektrische Sicherung eingebaut, selbst wenn der Strom noch mal ansteigen sollte, dann kann sich der Unfall nicht wiederholen.“

„Also kennen Sie die Ursache nicht, stimmt’s?“

„Haben Sie denn eine Idee, die Sie mir nicht mitgeteilt haben?“ Dabei sieht er Werner Löb an, als wollte er noch sagen, dass er seine Loyalität nun beweisen könne.

„Es hat mit Ihrem Experiment zu tun, aber man schützt seine Freunde, indem man Ihnen bestimmte Informationen vorenthält.“

„Den Freunden?“, fragt Dr. Grothe verwirrt.

„Nein, Ihnen großgeschrieben.“ Werner lächelt süffisant über die Doppeldeutigkeit des Satzes. „Mit Freunden teilt man, aber zum Schutz meiner Freunde darf ich Ihnen, Herr Doktor, nicht alles erzählen.“ Gespannt auf die Reaktion seines Gegenübers sieht er Dr. Grothe an.

„Aber wie es scheint, wollen Sie mir jetzt doch etwas mitteilen. Also sagen Sie mir bitte, was Sie wissen.“ Der Doktor ist jetzt merklich unsicher und Werner nimmt eine aufrechte Körperhaltung an.

„Ich glaube, ich weiß alles“, sagt er in einem Ton, als ob sie sich über das Wetter unterhalten.

„Wenn Sie alles wissen und mir sagen, es geht um Ihre Freunde, warum sind Sie dann nicht zur Polizei gegangen?“

„Möchten Sie, dass ich es tue?“

„Ich weiß immer noch nicht, was Sie zu wissen glauben. Werden Sie doch bitte etwas konkreter.“

Werner beugt sich vor und spricht etwas leiser: „Ich weiß, dass Sie die Gehirne meines Kollegen Dirk, seiner Frau und das von Alexander Schröder als Eingabekonsole an unser System angeschlossen haben.“

Dr. Grothe zieht den Mund in Falten. Auch seine Hände sind gefaltet, nur die gestreckten Zeigefinger tippt er im Takt gegeneinander.

„Das klingt etwas unwahrscheinlich, finden Sie nicht, Herr Löb?“

„Bestreiten Sie es?“

Die beiden Männer fixieren sich mit konzentrierten Blikken. Die Luft im Labor scheint zu knistern.

„Nehmen wir an, Sie hätten recht. Und nehmen wir weiter an, ich erzählte Ihnen alles. Was wollen Sie erreichen? Noch einmal meine Frage: Wenn Sie von Ihrer Behauptung überzeugt sind, warum sind Sie nicht zur Polizei gegangen?“

„Ich glaube, das Leben der drei hängt von einer Apparatur bei Prof. Flemming ab. Wenn man Sie und ihn wegen Mordes anklagt, bin ich mir nicht sicher, ob die Anlage weiter betrieben würde. Man kann nicht jemanden wegen Mordes anklagen und ihn gleichzeitig bitten, das Leben der Getöteten zu schützen. Ich bin, wie ich schon sagte, mehr für den Schutz meiner Freunde.“

„Interessanter Gedanke. Aber wie sind Sie dahintergekommen?“

„Herr Doktor! Ich habe den Cyberraum mit aufgebaut, die meisten Grundlagen für Ihr Experiment haben Dirk oder ich entwickelt. Ihre Frage müsste lauten, warum hat es so lange gedauert dahinterzukommen?“

Werners Blick entspannt sich. Er setzt sich gemütlicher hin und sagt freundschaftlich: „Bitte zeigen Sie mir das Zimmer, wo die drei sind.“

Dr. Grothes Zeigefinger tippen wieder aneinander. „Ich muss die neue Situation erst einmal mit Prof. Flemming beraten. Es geht Ihnen also in erster Linie um Dirk Friesen und nicht um das Experiment.“

Werner sieht sein Gegenüber misstrauisch an, wirklich zugegeben hat er mit dem, was er bisher gesagt hat, noch nichts.

„Ist das denn ein Widerspruch? Dirk Friesen ist doch Ihr Experiment.“

„Nun ja, wir missachten manchmal gewisse ethische Grenzen."

„Was erforschen Sie konkret?" Werners Ton wird schärfer. Ihm geht das nichtssagende Gelaber seines Chefs auf die Nerven.

„Ich bin Ihnen immer noch keine Rechenschaft schuldig, Herr Löb. Wie schon gesagt, ich muss mich auch mit Prof. Flemming beraten." Auch Dr. Grothe ist nun seinerseits schroff und kurz angebunden.

Werner erhebt sich von seinem Bürostuhl und startet mit freundlichem Ton einen weiteren Versuch der Annäherung: „Welche Rolle spielt die Psychologin bei dem Experiment, die heute hier war?"

„Es war nur eine normale Besucherin. Wir haben sie auf dem letzten Kongress getroffen."

„Das stimmt nicht!"

„Was heißt, das stimmt nicht?"

Werner fühlt, dass ihn seine direkte Art nicht weiterbringt. Andererseits kann er das Gefühl nicht ertragen, so offensichtlich verarscht zu werden.

Er hat sich entschieden, Dr. Grothe herauszufordern, und von diesem Weg gibt es nun kein Zurück mehr. Also versucht er wieder seinen lockeren Plauderton: „Es war keine normale Besucherin, sondern sie hat etwas mit dem Experiment zu tun. Aber was soll sie erforschen, was passiert gerade mit Dirk?"

„Ich glaube, jetzt geht doch Ihre Fantasie mit Ihnen durch, Herr Löb."

„Es läuft jedenfalls ein Experiment, das Dirk nicht guttut, und das ist der Grund, warum ich mich Ihnen offenbart habe. Wenn ich meinem Freund so nicht helfen kann, dann muss ich die Möglichkeit mit der Polizei eventuell doch in Betracht ziehen.“

„Wollen Sie uns erpressen?“

„Ich möchte nur, dass mein Freund nicht leidet.“

Dr. Grothe steht jetzt ebenfalls auf. Er geht auf Werner zu und lehnt sich locker an die Tischkante seines Schreibtisches.

„Sie sollten nichts überstürzen, ich bin sicher, dass es für alles eine gute Lösung gibt. Aber sprechen wir doch bitte morgen weiter. Bestimmte Entscheidungen möchte ich nicht alleine treffen.“

* * *

„Kommst du mit ins Bett?“

Dirk sieht auf die Uhr, schon wieder halb elf. Wo ist nur der Tag geblieben? Die Zeit rauscht so belanglos an ihm vorüber.

„Kommst du?“, wiederholt Eva ihre Frage. Dirk macht den Fernseher aus und folgt seiner Frau ins Schlafzimmer.

„Wann hatten wir eigentlich das letzte Mal Sex?“, fragt sie, als er neben ihr im Bett liegt.

„Ich weiß, es ist schon etwas her. Verführe mich doch.“ Er sieht sie gequält liebevoll an.

„Findest du mich eigentlich noch schön?“, fragt sie, und legt sich auf die Seite in seine Richtung. Dabei verrutscht die Bettdecke so, dass ihr halber Körper nackt zu sehen ist.

Dirk möchte seiner Frau nicht wehtun und antwortet ihr: „Natürlich bist du schön, ich bin im Moment nur etwas schlapp.“ Er empfindet eine grauenvolle innere Leere, dass selbst der Anblick seiner nackten, schönen Frau keinerlei Regungen in ihm auslöst.

„Willst du reden?“, fragt sie.

„Worüber denn?“

„Ich mache mir Sorgen um dich. Ich weiß nicht, was mit dir los ist, aber ich möchte dir gerne helfen.“ Sie zieht an der Bettdecke, sodass sie ihren Körper wieder ganz bedeckt.

„Ich fühle mich, als hätte mir jemand von außen den Saft abgedreht. Als würde meine Lebensenergie am Ende sein. Ich funktioniere, und wenn du unbedingt willst, können wir auch Sex haben. Aber alles ist für mich ohne Freude und Lust.“ Er sieht Eva in die Augen. „Aber alles, was ich tue, ist auch ohne Angst und ohne Frust. Es ist so … Nichts.“

Dirk holt tief Luft, als wollte er schluchzen. Aber er spricht ruhig weiter: „Das Finanzamt mit ihren blöden Bescheiden, eigentlich müsste ich vor Wut platzen. Aber es regt sich nichts, mir fehlt jeder Antrieb, jeder Instinkt. Ich würde so gerne Zorn und Wut gegen die Idioten empfinden. Ich möchte Lust haben, wenn ich dich anschaue, weil du die schönste Frau bist, die ich mir vorstellen kann, aber es tut sich nichts.“

„Aber du bist auch anders geworden. Warum hast du mir nicht erzählt, dass du wieder Kontakt mit Werner hast? Warum wolltest du neulich nicht mit mir in den Birkenwald?“ Sie macht eine Pause, aber Dirk antwortet ihr nicht. „Warum denkst du, Dr. Grothe schickt uns jemanden zur Befragung? Du musst doch einen Grund für deine Vermutung haben. Warum erzählst du ihn mir nicht? Früher hatten wir keine Geheimnisse voreinander.“

„Ich kann es dir nicht erklären. Bitte glaube mir, außerdem würde ich dir keinen Gefallen tun, wenn ich es täte.“

„Versuche es doch einfach“, sagt sie zärtlich und streicht ihm ein paar Haare aus der Stirn. Ihre Berührung jagt wie ein elektrischer Funke durch seinen Körper. Die große Erleichterung, nicht alleine in dieser Welt zu sein, verschmilzt unter ihren Fingern zu einem einzigen, riesigen Gedanken. In sein totes Empfinden träufelt sie damit einen

Hauch Leben hinein. Er labt sich an diesem Gefühl, das wie die Glut eines erloschenen Feuers nach einem feinen Windhauch erneut kleine Flammen entzündet. Und so verschmilzt sein tägliches Empfinden, aus der anderen Welt verstoßen zu sein, mit der Hingabe und der Liebe zu dieser Frau.

Jetzt, da ihm jedes eigene innere Gefühl verwehrt scheint, kommt ihm das Feuer, das seinen Körper durchzieht, umso gewaltiger vor. Gemeinsam Freude und Leid zu teilen, meint das auch, dem anderen das Leiden erst zu offenbaren?

Hat Eva recht, dass sie ihn nicht verstehen kann, weil er ihr nichts erzählt? Er versucht seinen Gedanken festzuhalten, der sich anfühlt, als wolle er sich ins ganze Universum ausbreiten. Dirk ist plötzlich fest entschlossen, Eva alles zu erzählen.

Er sieht sie ernst an und beginnt zaghaft seine Offenbarung: „Erinnerst du dich noch an den Tag, als ich bei Dr. Grothe gekündigt habe?"

„Warum fängst du denn schon wieder damit an, hängst du noch so sehr an früher?"

Auch in Evas Seele öffnet sich plötzlich eine große Gedankenwelt, die alle verdrängten Empfindungen der Vergangenheit wie in einem Whirlpool nach oben sprudelt. Sie hat ihn gedrängt, bei Dr. Grothe zu kündigen. Sie hat sein Gewissen geschärft, wenn dem Tun von Dr. Grothe Einhalt geboten werden musste.

Die Ereignisse ordnen sich wie aufgereiht an einer Perlenschnur. Sie hoffte so sehr, die Zeit würde helfen, die Wunden der Vergangenheit zu heilen.

„Du hast eine Arbeit, die dir Spaß macht, du hast wieder Kontakt mit Werner." Ihre Stimme klingt gereizt, und Dirk fühlt, dass die liebevolle, zärtliche Stimmung des Abends mit seinem Satz aus ihrem Gemüt gefegt wurde.

Er antwortet beschwichtigend: „Darum geht es doch gar nicht. Aber wenn ich dir etwas über meine Empfindungen sagen soll, dann …“

„Dann kannst du trotzdem aufhören, dich ständig selbst zu bemitleiden.“

Dirk schließt die Augen. Er sucht das große Gefühl, für das eben noch die ganze Welt zu klein schien. Er wollte Eva über ihre Situation berichten, aber die abrupte Art, ihm das Wort abzuschneiden, ließ seinen Wunsch gleich einer elektrischen Entladung wieder verschwinden. Er ist sich augenblicklich wieder sicher, dass es falsch wäre, Eva vom Cyberraum zu erzählen.

Er fühlt Erleichterung über ihr Unverständnis, weil er nun doch nicht weiter über die Ereignisse nach der Kündigung sprechen muss.

„Siehst du, darum habe ich dir nicht von den Telefonaten mit Werner erzählt. Ich weiß doch, dass du es eigentlich nicht gut findest. Außerdem weißt du von mir, das wir wieder Kontakt haben. Darum ist es auch falsch zu sagen, ich hätte es dir nicht erzählt.“

Eva sagt nichts. Sie streicht wieder seine Haare aus der Stirn, die sich inzwischen wieder ihren alten Platz gesucht haben.

„Es fühlt sich schön an“, sagt Dirk und nimmt seine Frau fest in den Arm. „Soll ich das Licht ausmachen?“, fragt er.

„Halte mich lieber noch ein wenig fest.“

Er umarmt sie noch fester, um ihr zu zeigen, dass ihm auch daran gelegen ist, und sieht die Lampe an, als wollte er sie bitten, ausnahmsweise von selbst zu erlöschen.

„Ich mache es doch lieber jetzt aus, dann kann ich dich festhalten, bis wir eingeschlafen sind.“

Er dreht sich bis zum Schalter seiner Lampe und nimmt in der Dunkelheit die gleiche Stellung wieder ein. Sie liegen umschlungen und schweigen. Aber es ist die Sorte Schweigen, das die Liebe tausendmal stärker nährt, als ein gesprochener Dialog je zerstören könnte.

* * *

Dr. Grothe kommt ins Arbeitszimmer zu Prof. Flemming. „Guten Morgen, bin ich zu spät?“

„Wir hatten zwar acht Uhr gesagt, aber Angelika ist auch noch nicht da.“

Kurz darauf kommt Frau Dr. von Klausen ruhig und ungehetzt herein, offensichtlich nicht so sehr an der Uhrzeit interessiert wie ihre Kollegen.

„Guten Morgen, ihr zwei.“ Der Doktor und der Professor sind inzwischen auch mit der Psychologin per Du, die ein kleines möbliertes Zimmer in der Stadt angemietet hat. Dort wohnt sie, solange ihre gemeinsamen Versuche laufen. „Was hat denn nun eigentlich im Cyberraum nicht geklappt? Du hattest doch vorher extra geprüft, ob dein Programmierer zu Hause ist. War er aber nicht.“ Die Wissenschaftlerin hat nichts Weibliches in ihrer Stimme. Bei den Arbeitstreffen spricht jeder sachlich für sein Fachgebiet.

Dr. Grothe antwortet entsprechend präzise: „Die Patienten leben dort ganz normal, so als seien sie noch in dieser Welt. Da kann jeder seine Wohnung verlassen. Jederzeit. Aber wir haben noch ein Problem“, fügt er nachdenklich hinzu. „Du erinnerst dich an Werner Löb?“

„Bei dem würde ich aufpassen, der weiß mehr, als du glaubst.“

„Genau darum geht es.“ Er sieht sie überrascht an. „Aber woher weißt du das, du hast ihn doch nur einmal gesehen?“

Angelika von Klausen legt den Kopf nachdenklich zur Seite, als überlege sie jetzt selbst erst, wie sie zu dem Schluss gekommen sei.

„Es ist nur so ein Gefühl“, sagt sie schließlich, und als ob ihr Gefühl an allem schuld sei, erwidert Dr. Grothe: „Ich weiß nicht woher, aber er scheint alles zu wissen.“

„Alles?“, fragt Prof. Flemming erschrocken.

„Ich hatte sogar den Eindruck, dass er manche Sachen besser versteht als wir.“

„Was meinst du?“, fragt der Professor nach.

„Soweit ich weiß, haben wir noch keine Ursache für den Unfall mit dem Ziegler ermittelt. Herr Löb deutete an, dass es mit unserem Experiment zu tun hat. Aber er möchte von uns in die Versuche eingebunden werden.“

„Kommt nicht in Frage“, sagt Prof. Flemming forsch. „Ich glaube, dass er so viel weiß, dass wir es uns nicht so einfach machen können.“

„Und was will er genau?“, fragt Frau Dr. von Klausen.

Dr. Grothe sieht beide an und schlägt vor: „Wir können ihn doch gemeinsam befragen. Es hat doch auch viele Vorteile, ihn dabeizuhaben, schließlich kennt er den Computer besser als jeder andere.“

„Aber warum kommt er gerade jetzt damit heraus?“

„Er hat irgendwie mitbekommen, was wir mit Dirk Friesen machen.“

Auf diesen Satz reagiert Angelika von Klausen erschrokken: „Aber der Versuch wird durchgezogen, dafür haben wir schon zu viel investiert.“ Dabei fuchtelt sie energisch mit ihrem Zeigefinger in der Luft herum, und hört damit erst auf, als Prof. Flemming ihr unterstützend zunickt.

Der Doktor ist von ihrer Gestik nicht beeindruckt. „Was haben wir denn investiert? Er bekommt deine Substanz ins Blut gemischt, aber du hast ihn noch nicht einmal getroffen.“

Ihr Ton findet zur sachlichen Konferenz zurück: „Man müsste die Patienten eben einfacher befragen können, oder der Besucherzugang darf nicht so starr auf 45 Minuten programmiert sein.“

„Genau dafür wäre Werner Löb der richtige Mann.“ Dr. Grothe sieht zum Professor hinüber, als erwarte er nun seinerseits Unterstützung.

Bevor der Professor reagieren kann, sagt sie: „Trotzdem habe ich ein ungutes Gefühl. Wir haben Dirk Friesen für unsere Experimente bestens vorbereitet. Seine Gehirnfunktion ist ähnlich der eines schlafenden Murmeltiers. Es ist genau der Zustand, den ich für alle folgenden Präparate benötige. Du hast angedeutet, dass er sich Sorgen um seinen Kollegen macht. Woher weiß er, dass wir Dirk Friesen behandeln? Wir haben außer den Gehirnströmen und dem, was er spricht, keine Informationen. Was für Erkenntnisse hat Herr Löb, dass er sich Sorgen um seinen Freund machen kann?“

„Wir, wir …“ Prof. Flemming nimmt nun auch die Hände zu Hilfe, weil er seinen nächsten Satz anscheinend noch nicht zu Ende gedacht hat. „Gibt es denn keine Möglichkeit, ihn auf unsere Seite zu bekommen?“, fragt er schließlich.

„Vielleicht sollten wir wirklich erst einmal mit Herrn Löb reden“, pflichtet ihm die Psychologin bei, die nun auch das Gefühl hat, von Werner könnten gute Impulse für ihr Experiment ausgehen.

„Soll ich ihn anrufen?“, fragt Dr. Grothe in die Runde.

„Warum gehen wir nicht zusammen nach drüben?“, schlägt Angelika von Klausen vor.

„Nein, nein. Das wirkt doch wie ein Überfall." Der Professor schüttelt dabei heftig mit dem Kopf.

Aber sie entgegnet: „Ihn herzurufen hat dagegen etwas von einer Vorladung, es baut auch eine ungünstige Distanz auf. Darf ich alleine zu ihm rübergehen?"

Die beiden Männer sehen sich an. „Ohne uns?", fragt einer der beiden wie ein kleiner Junge, den man beim Topfschlagen übergangen hat.

„Ich werde nichts entscheiden, ich möchte nur Atmosphäre schaffen."

Dr. Grothe geht ans Fenster und schaut auf sein Institut. „Wir sollten aber vorher die Frage klären, ob wir ihm erzählen wollen, was wir genau machen. Natürlich nur, wenn es unbedingt notwendig ist."

Der Professor schüttelt verwundert den Kopf. „Wenn es notwendig ist, dann brauchen wir nichts zu entscheiden, dann bleibt uns nichts anderes übrig. Ich glaube, die Idee ist doch nicht so schlecht, dass Angelika erst einmal alleine zu ihm geht."

„Okay, dann geh ich am besten gleich." Frau Dr. von Klausen verlässt das Zimmer und die beiden Wissenschaftler sehen durch das Fenster, wie sie kurze Zeit später über die Straße zum Institut geht.

„Da bin ich ja gespannt", murmelt der Professor, mehr zu sich selbst als zu seinem Partner.

Werner Löb sitzt in seinem Labor und studiert die aktuellen Einträge der Cyberdatenbank. Der Bescheid vom Finanzamt, der seinem Freund so viel Sorgen bereitet, ist zwar nur virtuell, in der Realität wäre es Dirk aber genauso ergangen. Das hat Werner bei der Prüfung der Ereignisse festgestellt. Im realen Leben hätte man keine Chance, gegen diese Art der Willkür seitens der Finanzbehörde etwas auszurichten.

Alles ist mit den Gesetzen im Einklang. „Es ist eben ein Rechtsstaat und kein Moralstaat", denkt Werner bei sich.

Er möchte Dirk gerne helfen, aber weil das Programm die Wirklichkeit perfekt abbildet, ist es gar nicht so einfach, die Bescheide gegen Familie Friesen zu stornieren. Er wühlt sich durch das Programm. „Mist, irgendwo klemmt es immer", denkt er und haut laut auf den Tisch.

Im gleichen Moment steht die Psychologin in der Tür. „Darf ich hereinkommen?", fragt sie höflich.

„Gerne", sagt Werner mit einem flüchtigen Blick über seinen Schreibtisch, bei dem er die offene Mappe zumacht. „Das ist aber eine Überraschung, Frau Doktor, was führt Sie zu mir?"

„Nicht so förmlich, den Doktor können Sie weglassen. Sagen Sie bitte einfach Angelika, wenn es Ihnen recht ist."

„Schön, ich bin Werner." Er geht auf sie zu und gibt ihr die Hand.

„Dr. Grothe erzählt uns, dass du an unseren Studien mitarbeiten möchtest, ist das richtig?", beginnt Frau Dr. von Klausen die Unterhaltung.

„Ich entnehme Ihrer Frage, dass Ihre Visite gestern kein normaler Besuch im Cyberraum war, sondern eine dienstliche Reise. Stimmt's?"

„Ganz genau, aber das hatten Sie doch schon gestern bemerkt."

„Ich dachte, wir sind per Du", fällt Werner ihr ins Wort.

„Natürlich, entschuldige bitte. Das hattest du doch gestern schon bemerkt, oder nicht?"

„Ich hatte es vermutet. Aber erfahre ich denn nun auch, was genau mit Dirk gemacht wird?"

Beide stehen sich noch gegenüber. Werner hat, weil sie gleich ins Gespräch gekommen sind, seinem Gast noch nicht einmal einen Platz angeboten.

Sie geht nun wie in Zeitlupe auf ihn zu. „Andreas Grothe sagte, dass du unsere Experimente nicht unbedingt befürworten wirst. Ich habe viel in meine Studie investiert. Es ist daher so, dass ich kein Risiko eingehen möchte. Wenn eine Zusammenarbeit mit dir das praktische Aus der Studie bedeutet, dann brauchen wir nicht zusammenzuarbeiten."

Werner fühlt, dass mit dieser Frau ein ganz anderer Wind im Institut weht. Eine diffuse Konfrontation wie mit Dr. Grothe ist das hier nicht, es geht wirklich nur um die Sache.

Mit dem Gespür einer Raubkatze registriert Angelika jede Muskelbewegung in seinem Gesicht. Die Falte zwischen seinen Augenbrauen zieht sich minimal zusammen. Tatsächlich überlegt Werner, dass es jetzt an ihm ist, nicht nur Forderungen zu stellen, sondern auch Zugeständnisse zu machen.

„Ich würde Ihnen ja gerne entgegenkommen, aber ich weiß immer noch nicht, was eigentlich genau mit Dirk passiert."

„Er war Ihr Freund?", erkundigt sich Angelika.

„Er ist es noch."

In diesem Moment kommt Gabriele Dohrmann ins Zimmer. „Ich wollte Herrn Löb gerade einen Kaffee anbieten, ich wusste nicht, dass Sie auch hier sind. Sie trinken doch bestimmt eine Tasse mit."

„Gerne", sagt Frau Dr. von Klausen und Gabriele holt noch eine weitere Tasse.

„Wollen Sie heute wieder eine Wanderung machen?", fragt Gabriele.

„Mal sehen, aber ich glaube, eher nicht. Aber wenn wir gerade von den Reisen sprechen, mit welchem Aufwand wäre es eigentlich verbunden, dass zwei Personen gleichzeitig in den Cyberraum können?“

Gabriele sieht zu Werner, ob er die Frage beantworten möchte, aber der trinkt wie unbeteiligt seinen Kaffee. Dann spricht sie zu Angelika: „Man müsste die ganze Zone 1 nachbauen. Das ist teuer.“

„Die eigentliche Datenleitung ist das kleinste Problem“, ergänzt Werner.

Gabriele will sich gerade mit ihrer Kaffeetasse auf einen freien Stuhl setzen, als Frau Dr. von Klausen sie bittet, sie mit Werner alleine zu lassen.

„Du sagtest vorhin“, nimmt sie das Gespräch wieder auf, nachdem Gabriele den Raum verlassen hat, „dass Dirk immer noch dein Freund ist. Andreas sagte, du hast keinen Ausflug in den Cyberraum gemacht, seit Dirk dort lebt.“

„Freundschaft bedeutet, dass man auch in schwierigen Situationen füreinander da ist.“

„Ja, ja“, sagt sie lachend und dann ernst: „Du stehst mit ihm in Kontakt, stimmt’s?“

„Worin besteht euer Experiment?“, fragt er, ohne auf ihre Frage einzugehen.

Angelika von Klausen geht zum Fenster. Sie klopft mit den Fingernägeln an ihren Becher. Werner spürt, dass ihre Gedanken eine neue Spur aufgenommen haben. Er widmet seinerseits nun dem Kaffeebecher die größere Aufmerksamkeit.

„Weiß Dr. Grothe eigentlich, dass Sie hier sind?“

„Diesmal hast du das Du vergessen, wir sind quitt.“

„Sorry, aber weiß er?“

„Ja, wir haben gemeinsam überlegt, wie wir auf deine Erwartungen reagieren sollen. Es war mein Wunsch, dich einmal alleine kennenzulernen. Kann ich heute doch noch einmal in den Cyberraum?“, fragt sie.

„Nicht meine Zuständigkeit“, sagt Werner in Stakkato und hebt dabei die Arme, als hätte er „Hände hoch“ verstanden. Sie wartet, bis er die Hände wieder heruntergenommen hat, und zeigt ihm mit minimaler Gestik, dass sie eine richtige Antwort erwartet.

„Wir müssen dann doch wieder zu Frau Dohrmann rübergehen, es ist ihre Zuständigkeit.“

„Arbeitet nicht auch ein Kollege von dir, der Alexander Schröder heißt, in der Zone 1?“

„Du versuchst jetzt etwas aus mir herauszubekommen, indem du auf dumm tust, oder hat Dr. Grothe dir wirklich nicht alles über das Experiment erzählt?“ Werner sieht sie mehr überrascht als misstrauisch an.

„Was hat er nicht erzählt?“, fragt sie, ohne beleidigt auf seine Anschuldigung zu reagieren.

„Alexander Schröder ist auch im Computer gefangen. Das weißt du doch?“

„O. k., ich gebe es zu, ich wollte nur sehen, ob du es auch weißt. Ist er auch dein Freund?“

„Alex?“, fragt Werner empört. „Nein, den solltest du mal besuchen, wenn du in den Computer gehst.“

„Warum sollte ich das?“

„Ach, nur so. Solange ich nicht weiß, was du überhaupt tust, macht es natürlich keinen Sinn, dir zu sagen, wohin du gehen solltest. Aber wenn du Alex einmal kennenlernst, dann weißt du auch, dass er nicht mein Freund sein kann.“

Angelika bewegt sich mit kaum hörbaren Schritten langsam um Werner herum, wie eine Raubkatze, deren Langsamkeit vor dem finalen Sprung das Opfer in Sicherheit wiegt. Sie beobachtet ihn und er spürt, dass sie längst eine ganz andere Fährte verfolgt.

„Er ist ein Idiot“, sagt Werner, wie zu seiner Verteidigung, und er wiederholt noch einmal: „Alex ist ein echter Idiot.“

„Ich glaube, ich habe eine Idee, wie wir zusammenkommen können.“ Sie sieht Werner tief in die Augen, wie ein Schachspieler, der seinen nächsten Zug fertig überlegt hat, und nun beim Setzen das Gesicht seines Gegners sehen will. „Wir schließen die Studien an Dirk Friesen ab und ich verbuche den Aufwand, den ich bisher hatte, als erfolgreichen Vorversuch. Als Patient für die Hauptstudie nehmen wir ab morgen Alexander Schröder. Du hilfst uns, das Programm für unseren Versuch zu optimieren, und versprichst uns, dich nicht auch für Alex einzusetzen.“

Werner sieht Angelika von oben nach unten an. So unsympathisch ihm diese Frau bei ihrer ersten Begegnung auch war, hat sie doch offensichtlich das Talent, die Dinge auf den Punkt zu bringen. „Es ist doch nicht unmenschlich, was wir tun.“ Sie versucht ihm seine Entscheidung zu erleichtern.

„Und was machen Sie mit Ihren Patienten, darf ich es jetzt erfahren?“ Werner kann sich einen ironischen Unterton beim Wort ‘Patient‘ nicht verkneifen.

„Vielleicht sollten wir die Unterhaltung fortsetzen, wenn dein Chef dabei ist. Ich bin ja eigentlich nur Gast hier.“

„Meinst du denn, dass sich Dr. Grothe und der Professor auf unseren Deal einlassen?“

„Sicher, es ist doch eine gute Lösung“, sagt sie schmunzelnd.

* * *

Dirk läuft mit Eva am Strand entlang. „Komm! Wer Erster beim Handtuch ist.“ Sie rennen los, aber kurz bevor Eva als

Erste das Ziel erreichen kann, wirft er sich, ihre Beine umschlingend, nach vorne und krabbelt über sie hinweg. Dann legt er sich auf das Handtuch und ruft: „Gewonnen!“

„Na warte“, sagt sie lachend, „das werde ich dir heimzahlen.“ Sie krabbelt auch zum Handtuch und versucht ihren Mann von seinem Platz zu rollen. Sie rangeln wie die Kinder und lachen aus vollem Herzen. Das Gerangel geht langsam in zärtliches Umarmen und Küssen über.

„Nur noch zwei Tage, der Urlaub hätte ruhig länger sein können“, sagt Dirk.

„Rede doch nicht von übermorgen, heute ist es schön. Die ganze Welt gehört uns jetzt alleine.“

Sie lässt sich nach hinten in den Sand fallen und malt mit ihren ausgestreckten Armen Halbkreise um ihren Körper. Dirk ist wieder ganz der Alte. Sie weiß zwar nicht, was ihm wieder auf die Beine geholfen hat, aber sie ist froh, dass die harte Zeit für sie zu Ende scheint.

„Hörst du die Wellen rufen? Komm mit ins Wasser!“

Sie laufen ins Wasser. Es ist eine einsame Bucht, nur wenige Menschen sind in einiger Entfernung zu sehen. Es ist ein Traumstrand und herrliches Wetter. Sie schwimmen weit hinaus, bis es auf einer Sandbank wieder flach wird. Für die Menschen am Strand sind sie jetzt außer Sichtweite.

„Guck nicht schon wieder so“, sagt Eva und läuft durch das flache Wasser vor ihrem Mann davon. Er versucht sie wieder mit einem Sprung in die Beine zu stoppen, aber diesmal ist sie vorbereitet und springt im letzten Moment hoch, sodass er hinter ihr einen Bauchklatscher macht.

„Und jetzt bist du dran“, lacht sie und springt auf seinen starken Körper.

Diesmal übergeht Dirk das kindische Toben und beginnt gleich die Zärtlichkeiten, mit denen sie am Strand aufgehört haben.

„Willst du schon wieder?“

„Immer“, sagt er, und zieht ihr mit seinen Zähnen das Bikinioberteil von der Brust. Mit der anderen Hand öffnet er gleichzeitig den Verschluss hinter ihrem Rücken. Angeheizt vom Geschrei der Möwen, lieben sie sich im flachen, warmen Wasser, liebkost von ihren zarten Händen und dem goldenen Glanz der Sonne auf ihrer Haut.

Dirk fühlt sich schon, seit die Klinik seine Drogen abgesetzt hat, ganz wie früher. Aber hier mit seiner nackten Frau, im warmen, blauen Wasser unter einer Himmelskuppel, aus der heraus alle Farben in die Welt fließen wollen, werden sie Teil von Erde, Feuer, Luft und Wasser. Ihre liebenden Körper verschmelzen in der Abendsonne zu einem großen, engelgleichen Wesen, das im paradiesischen Zustand ohne alle Grenzen von Raum und Zeit, Mann und Frau, Licht und Schatten oder wahr und falsch lebt. Dirk und Eva sind eins mit ihrer endlos entrückten Welt.

Bevor das saftige Grün der Bäume von der Abenddämmerung in trauriges Grau verwandelt wird, schwimmen sie zurück zum Strand, als sich die Sonne am Horizont rot färbt. Auch während sie ihre Sachen zusammenpacken, küssen und lachen sie bei jeder Gelegenheit.

„Ach, ich muss noch meine Mutter anrufen, sie hat doch heute Geburtstag“, sagt Eva, als sie Hand in Hand den Weg vom Strand zur Pension hochgehen.

„Das hätte ich schon nicht vergessen. Wir können es ja gleich vor dem Abendessen erledigen“, antwortet er.

Dirk hat ein gutes Verhältnis zu seiner Schwiegermutter. Als er nach seinem Schock im Birkenwald feststellte, dass seine eigene Mutter nur noch ein Programm ist, fühlte er sich seltsam erleichtert. Er fand, dass dieser Zustand die alte Realität viel besser abbildet.

Während der Pubertät wurde in ihm die Liebe zu seiner Mutter systematisch zersetzt und aufgelöst, bis seine Seele frei und fähig war, auch andere Menschen in sich aufzunehmen. Er empfindet seinen Eltern gegenüber ehrliche und tiefe Dankbarkeit, aber die Beziehung zu seiner Mutter wurde immer mehr zu einem stereotypen Ritual aus einstudierten Gesten der Zuneigung.

Die Natur hat es so eingerichtet, dass eine Mutter ihr Baby liebt, egal wie hässlich und ungezogen es auch immer sein mag. Mit dem Erwachsenwerden ist es Sache des Kindes, sich von dieser Urliebe zu lösen.

Die Liebe zu seinem Vater ist dagegen erst nach der Pubertät aufgeblüht. Als Kind war der Vater ihm ein strenger Wächter, dessen Aufgabe darin bestand, über die Einhaltung der gesteckten Grenzen und Regeln zu wachen. Dirk erinnert sich noch gut an eine harte Strafe des Vaters, als er einem Mitschüler seine Tafel Schokolade aus dem Schulranzen gestohlen hatte, und wie ihn die Mutter im nächsten Augenblick tröstete, als er weinend im Bett lag.

Erst nach seinem Studium sah er ein, wie groß das Verdienst des Vaters war, ihn Stufe für Stufe bis zum Diplom durchs Leben gelenkt zu haben. Die ganze Kindheit hindurch hat er den Menschen, der ihn aus der Dunkelheit ins Licht geführt hat, gefürchtet. In der Antike wurde der Überbringer einer schlechten Nachricht getötet. Genauso hat er seinen Vater für die Dunkelheit im Leben emotional verantwortlich gemacht. Dabei wurde ihm die Finsternis nur bewusst, weil er ihm das Licht zeigte.

Eva liebt ihre Mutter wirklich, vermutlich durchleben Mädchen eine ganz andere Abnabelung als Jungen.

„Was denkst du?“, fragt Eva, die bemerkt hat, dass er mit seinen Gedanken ganz woanders ist.

„Ich träume nur ein wenig vor mich hin. Entschuldige bitte.“

Er sieht sie liebevoll an. Es ist gut, denkt er, dass Eva nichts vom Computerraum weiß, auch wenn er ihr dafür nicht alle seine Gedanken verraten kann.

Er würde zu gerne wissen, was seine und ihre Familie über ihr Verschwinden aus der anderen Welt erzählt bekommen haben. Aber deren Schmerz würde nicht kleiner, auch wenn Eva hier die Wahrheit wüsste.

„Mutter ist bestimmt traurig, dass wir an ihrem Geburtstag im Urlaub sind“, sagt Eva, aber Dirk schüttelt den Kopf.

„Ich glaube, sie freut sich mit uns. Hoffentlich sind die Blumen angekommen, ich habe ihr nämlich einen Strauß gelber Rosen schicken lassen.“

„Wie hast du denn das organisiert?“

Er lächelt sie stolz an und sagt: „Wozu wohnt man genau gegenüber von einem Blumenladen?“

Sie gibt ihm einen Kuss. „Ich liebe dich, du gibst dir immer so viel Mühe, damit es den anderen Menschen um dich herum gut geht.“ Sie hält seine Hand fester in der ihren.

„Im Moment liegt es nur an dir, dass es mir so gut geht“, antwortet er, und sie lassen ihre Hände beim Gehen hin- und herpendeln.

Durch den Schwung ihrer Arme wird aus dem Gehen ein Hopserlauf, als ob fröhliche Kinder übermütig herumspringen. Auf ihrem Weg kommt ihnen ein älteres Paar entgegen, welches kopfschüttelnd über das alberne Hopsen an ihnen vorbeigeht. Man sieht den versteinerten Gesichtern an, dass es sehr lange her sein muss, das sie einmal Hand in Hand einen Weg entlanggehüpft sind.

Dirk und Eva sehen sich an und platzen fast vor Lachen. Die beiden Alten, die bis eben Eva und Dirk hinterhergesehen haben, drehen ruckartig ihren Kopf nach vorne und gehen beleidigt über das Lachen weiter.

Vor der Pension bleibt Eva stehen und stellt sich vor ihren Mann. „Dieser Urlaub war eine gute Idee von dir“, sagt sie nun wieder mit ernster Stimme.

* * *

Werner Löb sitzt vor einem kleinen Café in der Stadt und wartet. Er liest die Zeitung. Die Sonne scheint schon rötlich durch die Alleebäume und von Zeit zu Zeit beobachtet er ein paar Spatzen, die sich immer dichter an ihn heranwagen, um die Krümel vom Gehweg zu picken, die die Straßencafés für Spatzen zu einem Paradies machen.

Werner wartet auf Angelika von Klausen. Es ist nicht das erste Mal, dass sie sich privat treffen. Als bei Dirk alle Medikamente abgesetzt waren und Werner sich sicher fühlte, dass Dr. Grothe, Prof. Flemming und Angelika die getroffenen Verabredungen einhalten würden, stimmte er zu, mit ihr zusammenzuarbeiten.

Sie sind mittlerweile ein gutes Team geworden und ergänzen sich hervorragend. Werner spielt Angelika gegenüber mit offenen Karten. Als er ihr erzählte, dass man zur Kontaktaufnahme die Personen im Cyberraum einfach übers Internet anrufen kann, fing sie laut an zu lachen. Er erzählte ihr auch, wie die Rückkopplung den Unfall ausgelöst hat, der Hans Martin Ziegler das Leben kostete, und vieles mehr.

Werner und Angelika sind sich auch einig, dass es gar nicht nötig ist, dass Dr. Grothe und Prof. Flemming diese Details alle wissen, deshalb bleiben viele Informationen ihr gemeinsames Geheimnis. Trotzdem ist auch Dr. Grothe mit der neuen Situation sehr zufrieden, weil es endlich wieder Veröffentlichungen aus seinem Institut gibt. Angelika ist eine Meisterin darin, Sachverhalte so zu formulieren, dass die wissenschaftlichen Ergebnisse herausgearbeitet sind, ohne die rechtlich und ethisch fragwürdigen Details der

Versuche zu verraten. Mit ihrer geschickten Art hat Angelika die Chefs beruhigt, ohne ihnen allzu viele Informationen zu geben. Es sind eben Wissenschaftler, denen eine renommierte Veröffentlichung über alles geht.

Sie hat auch Werner davon abgebracht, die Maschinen sehen zu wollen, die sein Freund Dirk und Eva in dieser Welt geworden sind. Sie hat ihm erklärt, dass er sich mit dem Anblick der Apparate keinen Gefallen tun würde, weil er doch ihr scheinbar normales Leben im virtuellen Raum teilt. Werner hat das Besucherprogramm so umgeschrieben, dass man jetzt beliebige Zeiten im Cyberraum verbringen kann. Er besucht Dirk jetzt häufiger mal für ein paar Minuten und sie machen zusammen mit Eva gemeinsame längere Ausflüge.

Als Psychologin überzeugte sie Werner davon, dass der Anblick der blutigen Gehirne in ihm ein Trauma auslösen könne, welches die Beziehung zu seinen Freunden in Zukunft belasten würde. Das intellektuelle Wissen um die künstliche Situation ist eben nicht zu vergleichen mit dem persönlichen Eindruck, der ihm in der Klinik wiederfahren würde.

Werner ließ sich leicht überzeugen, weil ihm seine Arbeit mit Angelika wieder Spaß macht. Er hat weitgehend die Aufgaben von Alexander Schröder übernommen, weil dessen Arbeit durch die Einwirkung der Drogen, die an ihm getestet werden, ohnehin kaum noch zu gebrauchen ist.

„Hallo Werner, gut, dass du noch da bist."

Angelika steht jetzt vor ihm. Werner legt seine Zeitung beiseite und schiebt den freien Stuhl einladend zu ihr hin.

„Du bist spät, ist etwas passiert?"

Sie setzt sich hin und sagt zunächst nichts. Erst jetzt sieht er in ihrem Gesicht, dass wirklich etwas geschehen sein muss.

„Was ist passiert?“, fragt er noch einmal, jetzt mit einem sorgenvollen Unterton.

„Flemming ist im Krankenhaus, sie haben ihn eben mit dem Krankenwagen abgeholt.“

„Und was passiert ist, weißt du nicht?“

„Nein, aber der Notarzt war auch da. Andreas Grothe sagte, er wurde blass und ist dann ohnmächtig geworden.“

Der Kellner ist zu ihrem Tisch gekommen und Angelika bestellt sich eine Cola.

„Wollen wir auch eine Kleinigkeit essen?“ Werner hält die kleine Klappkarte in der Hand, die auf allen Tischen bei den Servietten steckt. „Der Hawaiitoast ist hier sehr lekker“, sagt er, als wolle er Angelika zum Essen überreden.

Sie bestellen noch zwei Toast und der Kellner lässt sie wieder allein.

„Wer kümmert sich denn um die Patienten, wenn Prof. Flemming nicht in der Klinik ist?“ Werner klingt besorgt.

„Meinst du unsere Patienten, oder die Patienten in den Betten?“ Am Institut hat sich der Sprachgebrauch eingebürgert, von den Patienten zu reden, wenn Eva, Dirk oder Alex gemeint sind.

„Natürlich meine ich unsere, es weiß doch außer Dr. Grothe und uns keiner, wie wichtig diese Apparate sind, oder gibt es Personal, das die Anlagen betreut?“

Werner macht sich Sorgen, ob seine Freunde weiter versorgt werden, wenn der Professor sich um nichts kümmern kann.

„Nun mach dich doch nicht verrückt, vielleicht war es nur ein kleiner Schwächeanfall und er ist morgen schon wieder da.“

Sie spürt, wie sehr ihn die Nachricht vom Professor in Unruhe versetzt hat.

„Warst du heute bei Dirk?“ Angelika versucht das Thema zu wechseln.

„Dirk und Eva sind doch noch im Urlaub.“

„Ach ja, die lassen es sich ja richtig gut gehen. Hast du seine Pfändungen und die Sachen vom Finanzamt eigentlich löschen können?“

Der Kellner bringt die Toasts, und Werners Blick heitert sich beim süßen Duft der heißen Ananas etwas auf. Auch wenn die Erinnerung an das Finanzamt andere Sorgen zurückruft, antwortet er deutlich ruhiger: „Ich glaube schon, dass es geklappt hat. Es ist nämlich auch im virtuellen Raum gar nicht so einfach, einen Steuerbescheid zu löschen. Der Einfluss aller Gesetze auf die künstliche Welt ist als ein großer Block programmiert. Ich kann nicht einfach einzelne Gesetze ändern, das geht nicht. Meine Programmänderung verhält sich so, als würde jemand beim Finanzamt einbrechen und alle Akten seiner Steuernummer in den Reißwolf stecken. Wie gesagt, ich hoffe, dass es gut geht. Jedenfalls hätten die beiden sich sonst den Urlaub auch nicht leisten können. Ich glaube, sie kommen morgen schon wieder, da bin ich mit ihnen zum Kino verabredet.“

* * *

„Bin ich zu spät?“ Eva kommt abgehetzt nach Hause, aber trotz der Hektik verleiht ihr der Rest Urlaubsbräune eine schöne und sportliche Ausstrahlung. Sie hat die Jacke anbehalten und ordnet ihre Frisur vor dem Spiegel. „Ist er noch nicht da?“

Dirk steht im Wohnzimmer am Fenster und sieht auf die Straße. „Nein, aber allmählich wird es Zeit.“

„Bist du sicher, dass er heute kommen wollte?“, fragt sie.

„Ja, bin ich, aber ich kann ihn ja noch mal anrufen.“

Dirk geht zum Telefon und wählt. „Hallo Werner, erreiche ich dich endlich. Wir sind heute fürs Kino verabredet, hast du uns vergessen?“

„Tut mir leid, Dirk, aber Professor Flemming ist tot. Ich habe es eben gerade erst erfahren. Ich kann deswegen nicht mitkommen, das verstehst du doch?“

„Oh, Scheiße“, rutscht es Dirk heraus.

„Was ist los?“, fragt Eva dazwischen.

„Wie ist es passiert? Weißt du Genaueres?“

Dirk telefoniert weiter, während er zu Eva gestikuliert, dass sie sich noch gedulden muss. Werner erzählt, dass er einen Herzinfarkt hatte und vom Notarzt abgeholt wurde, und dass er noch in der Nacht gestorben ist.

„Ich hoffe ihr versteht, dass mir heute nicht nach Kino zumute ist.“

„Ist doch klar, Werner, wir telefonieren morgen noch einmal. Bitte halte uns auf dem Laufenden. Mach's gut.“ Dirk legt den Hörer auf die Gabel.

„Was ist passiert?“, wiederholt Eva ihre Frage. Sie hat sich während des Telefonates zu ihrem Mann neben das Telefon gestellt.

„Prof. Flemming ist gestorben.“

„Das tut mir leid.“

Sie sieht Dirk an, als versuche sie eine angemessene Reaktion in seinen Augen abzulesen. Sie selbst hatte den Professor nur ein paarmal bei irgendwelchen offiziellen Anlässen gesehen. Sie fühlt deswegen keine übermäßige Betroffenheit. Sie weiß, dass Dirk während seiner Zeit im Institut mehr mit dem Professor zu tun hatte, aber wirklich nahe waren sie sich nicht gekommen.

„Kanntest du ihn denn so gut?“, fragt sie vorsichtig.

„Das nicht, aber ich …“

Dirk spricht seinen Satz nicht zu Ende. Eva weiß ja immer noch nicht, dass sie Gefangene in der Klinik von Prof. Flemming sind. Sie kann deswegen seine Unruhe nicht teilen.

„Komm, gehen wir ohne Werner ins Kino.“ Dirk bemüht sich, so unbefangen wie möglich zu klingen.

Nach dem Kino gehen sie Hand in Hand über das Kopfsteinpflaster an der alten Schule vorbei. Sie unterhalten sich über den Film, aber Dirk überlegt dabei, was von dieser Welt übrig bleibt, wenn in der Klinik die Maschinen abgestellt werden.

„Das Leben in der Filmdose ist ewig. Auch Jahre nach ihrem Tod können die Schauspieler wieder ins Leben geholt werden. Dieser Moment …“ Er dreht sich um, um ihr zu zeigen, welchen Moment er genau meint. Der blendende Schein der Straßenbeleuchtung lässt den Rest der Straße hinter ihnen dunkel und romantisch wirken. Ein einsamer Hund überquert die Allee. „Dieser Moment ist schon jetzt für immer verloren“, sagt Dirk melancholisch.

Eva erinnert sich an das letzte Mal, als sie nach dem Kino hier traurig und alleine war. „So ein Blödsinn! Halte meine Hand noch fester und küss mich, dann bewahrst du diesen Moment bis in alle Ewigkeit.“

* * *

„Meinen Sie?“ Angelika steht am Schreibtisch von Dr. Grothe und sieht ihn fassungslos an. „Wir sollen deiner Meinung nach das ganze Experiment offenlegen? Wir würden doch drei Morde gestehen.“

Der Doktor schüttelt den Kopf. „Wir haben eine Kooperation mit der Klinik von Prof. Flemming. Für die Beschaffung von Anlagen sind und waren wir nicht zuständig. Mein Institut hat drei Anbindungen an den Cyberraum realisiert. Für mich war es immer nur eine Breitbandverbindung, die unsere Software mit einer großen Datenmenge versorgt. Wir machen seit Jahren ähnliche Experimente mit den Daten der Gehirnspiegelung. Wir wurden dafür zwar von der Ethikkommission gerügt, aber rechtlich war das alles in Ordnung."

„Aber ist es denn glaubwürdig, dass wir nicht bemerkt haben, woher die Daten stammen?"

Dr. Grothe zieht seine Achseln und seine Augenbrauen nach oben und versucht, besonders naiv und einfältig auszusehen. „Mal ehrlich, Angelika, stell dir vor, du wüsstest nichts von dem Experiment. Hältst du es dann für wahrscheinlich, dass jemand drei Menschen tötet und die Gehirne als Eingabekonsole an eine Datenleitung anschließt? Ich glaube, keiner kann uns vorwerfen, dass wir diese Möglichkeit nicht geahnt haben." Er steht von seinem Stuhl auf und geht vor dem Fenster auf und ab. Dann sagt er: „Du sollst ja auch kein Geständnis formulieren, nur statt Datenmodell kann jetzt von Person die Rede sein. Schreibe: die Personen im Cyberraum. Oder besser noch: die Patienten im Cyberraum."

Angelikas Skepsis lässt nach. „Du hast recht, wir übernehmen nur den Sprachgebrauch der Klinik."

Dr. Grothe geht zu ihr und legt seine Hand auf ihre Schulter. „Ich habe alles mit Hans Brüggen abgesprochen. Er hat mir versprochen, dass uns keine Gefahr droht, wenn wir alle Verantwortung auf den Professor schieben. Ganz im Gegenteil. Wenn die Sache öffentlich wird, können wir als Beschützer für die armen Menschen auftreten."

„Aber was passiert, wenn nun alle Welt erfährt, dass drei Personen im Computerraum echte Menschen sind? Die

Besucher werden sich gezielt auf die Suche nach ihnen machen. Eva Friesen und Alexander Schröder wissen bis heute nicht, dass sie virtuell versorgt werden. Sollten wir die beiden nicht vorbereiten?“

„Nein, ganz und gar nicht. Erst einmal müssten sie gefunden werden. Wir werden schließlich keine Hinweisschilder oder dergleichen aufstellen, auf denen steht *Zu unseren Opfern.* Und selbst wenn ein Besucher zufällig auf Frau Friesen oder auf Alexander Schröder trifft, würdest du einem fremden Menschen auf der Straße glauben, dass die Welt falsch ist? Wenn einer das behauptet, halten Sie ihn für einen fremden Spinner. Wer glaubt schon auf Anhieb die Wahrheit?“

So wie Dr. Grothe vorgeschlagen hatte, wurden die Experimente der Klinik veröffentlicht. Dank der Einflüsse von Hans Brüggen sind die neuen Fakten nur tröpfchenweise in die Medien gekommen und es wurde immer so dargestellt, als habe alles noch mit der Gehirnspiegelung zu tun. Deswegen war es ein alter Hut, den Eva in der Zeitung gar nicht im Detail lesen wollte. Es wirkte überall wie ein neu aufgewärmter Skandal und hat deswegen auch keine große Welle der Empörung ausgelöst.

Einige lasen doch, dass tatsächlich Menschen für das Experiment getötet wurden. Obwohl jeder Einzelne von ihnen fassungslos darüber war, hatte aber dank der Medien jeder den Eindruck, er sei der Einzige, der so empfindet. Die Mehrheit der Bevölkerung begrüße den Durchbruch der Wissenschaft, heißt es immer wieder. Schon bald war es gar nicht mehr nötig, dass Umfragen und Zeitungskommentare zu dem Thema von Hans Brüggen manipuliert wurden. Die Menschen schlossen sich nach kürzester Zeit freiwillig der Meinung der vermeintlichen Mehrheit an, und so wurde es eine ganz ehrliche, demokratische Mehrheit, die hinter Dr. Grothe stand und gut mit den Menschenopfern leben kann.

In Straßeninterviews wird Prof. Flemming als mutiger Pionier gelobt, weil er dem Tod den Schrecken genommen hat. Die Besuche im Cyberraum kosten jetzt Eintritt und erfreuen sich zunehmender Beliebtheit. Vor dem Institut bilden sich zum Teil lange Schlangen von Besuchergruppen. Es können 16 Personen gleichzeitig die virtuelle Welt besuchen.

Zur Überraschung der Psychologin sucht niemand die drei Opfer. Besuche bei Michael Ballack und bei Günter Jauch sind auf Platz eins einer Hitliste, die Werner aus reiner Neugierde angelegt hat. Selten fragt ein Journalist nach Hintergründigem, und wenn Dirk Friesen dazu bereit ist, arrangiert Dr. Grothe ein entsprechendes Treffen mit ihm.

* * *

Dirk und der Journalist Stefan Greiner gehen über den Rathausplatz. „Ganz ehrlich, Herr Friesen, als ich das erste Mal von Ihrer Situation gehört habe, hielt ich es für ausgemachten Blödsinn, dass ein Mensch im Cyberraum gefangen gehalten wird. Es erscheint mir selbst jetzt, obwohl ich mit Ihnen rede, noch recht unwirklich, oder besser gesagt: zu wirklich."

Dirk muss über die Formulierung schmunzeln. „Und was hat Sie bewogen, den Blödsinn, wie Sie es nennen, zu glauben und jetzt eine Story darüber zu schreiben?"

„Ich habe Ihr Gehirn gesehen und Dr. Grothe hat mir die Datenverbindung erklärt."

„Wie sehen wir aus? Haben Sie Fotos von unseren Köpfen gemacht?"

„Ja, es ist aber ein unappetitlicher Anblick. Frau Dr. von Klausen hat mich gebeten, Ihnen die Bilder nicht zu zeigen."

Über dem Rathausplatz ziehen dicke Wolken auf. Die Sonne, die eben noch schien, gibt nur noch gedämpftes Licht. Dirks Gang wird langsamer. Warum will ihm keiner die Bilder aus der anderen Welt zeigen? Werner hat ihm erzählt, dass er die Köpfe nicht mehr suchen will. Dirk fühlt sich behandelt wie ein kleines Kind, das bevormundet wird. Dabei ist es doch immer noch sein Kopf, der dort in der Klinik liegt.

„Und wenn ich Sie eindringlich darum bitte, Herr Greiner, würden Sie mir die Fotos dann zeigen?"

Der Journalist lächelt. „Es ist eine eigenartige Situation für mich. Ich besuche Sie in einem Computer und fühle mich hier so, als ob wir uns im wirklichen Leben befinden. Aber ich weiß, dass ich in einer anderen Welt Instruktionen erhalten habe, über Bilder, die auch nur in der anderen Welt existieren."

„Wenn Sie mir die Bilder per E-Mail schicken, dann existieren sie auch in dieser Welt. Die Welten sind nicht so separat, wie es auf den ersten Blick scheinen mag. Sonst könnte ich auch keinen Besuch von Ihnen bekommen, oder?"

Stefan Greiner sieht Dirk nachdenklich an. „Ich kann die Argumente von Frau Dr. von Klausen nachvollziehen, aber es ist Ihr Kopf. Wenn es morgen immer noch Ihr Wunsch ist, die Fotos zu sehen, dann schicken Sie mir eine E-Mail. Ich werde sie Ihnen dann zuschicken, versprochen. Aber bitte behandeln Sie diese vertraulich, ich werde niemandem davon berichten."

„Vielen Dank, Sie können sicher sein, dass sich an meinem Wunsch bis morgen nichts ändern wird. In welcher Zeitung werden Sie über uns schreiben?"

„Ich weiß es noch nicht, ich bin freier Journalist. Wenn ich die Geschichte fertig habe, biete ich sie verschiedenen

Verlagen an. Es hängt auch davon ab, was Sie mir alles erzählen werden.“

„Ich glaube, ich werde Ihnen nicht viel helfen können. Wie sie sehen, ist dies ein relativ normales Leben. Unser Tagesablauf ist nicht besonders spektakulär.“

„Wie haben Sie erfahren, dass Sie im Cyberraum leben, und stimmt es, dass Ihre Frau es noch gar nicht bemerkt hat?“

„Ja, das stimmt. Deswegen bin ich auch nicht glücklich darüber, wenn schon wieder etwas über uns in der Zeitung steht.“

Es fängt an zu regnen. „Wollen wir dort rein?“ Der Reporter zeigt auf eine kleine Taverne. „Ich lade Sie zum Essen ein.“

„Dann muss ich vorher kurz meine Frau anrufen, einen Moment bitte.“

Stefan Greiner wartet unter der Markise der Taverne, während Dirk unter einem der Alleebäume mit seinem Handy telefoniert. Kurz danach geht er auf seinen Gastgeber zu und sagt: „Alles klar. Es wäre blöd, wenn meine Frau schon das Abendbrot gemacht hätte und ich gehe dann mit ihnen essen.“

„Aber nicht doch, Sie müssen sich doch nicht rechtfertigen.“ Der Redakteur redet in einer für seinen Beruf typisch lockeren, aber übertriebenen Art.

Die beiden Männer sitzen den ganzen Abend in einer gemütlichen Ecke der weiß gekalkten Taverne. Sie essen griechische Speisen und erzählen und philosophieren über die Welt. Von Zeit zu Zeit macht sich Stefan Greiner ein paar Notizen in einem kleinen Heft.

„Haben Sie das Büchlein auch noch, wenn Ihr Ausflug zu Ende ist?“, fragt Dirk.

„Na klar, das ist doch meines.“

„Aber Ihr eigenes virtuelles Büchlein."

„Das habe ich mir noch gar nicht überlegt. Glauben Sie nicht, dass mein Körper im Institut jetzt auch schreibt?"

„Bestimmt nicht in das Buch", sagt Dirk. „Hier, halten Sie mal." Er drückt ihm den Pfefferstreuer in die Hand. „Hier." Er gibt ihm seine Gabel.

„Was soll das?", fragt Stefan.

„Wenn Ihre Hände im Labor alles mitmachen, was Sie hier im Cyberraum tun, dann müssten sie dort Pfefferstreuer, Gabeln oder benutztes Klopapier haben."

Sein Blick zeigt auf eine Tür, durch die gerade ein Gast zurückkommt, durch die auch Stefan vor zehn Minuten verschwunden war.

„Dann muss ich mein Gedächtnis ja einmal richtig anstrengen."

„Oder Sie schreiben den Artikel morgen hier, in meiner Firma findet sich bestimmt eine Ecke. Sie dürfen nur, wenn Sie gleich den Cyberraum verlassen, nicht in das Buch sehen."

„Warum nicht?"

„Wenn Sie wieder hier sind, bildet sich die Welt aus Ihrem Wissen und der Cyberwirklichkeit. Wenn Sie das Wissen mitbringen, dass die Aufzeichnungen nicht mehr da sind, dann gibt es sie hier auch nicht mehr."

Stefan Greiner nimmt den Pfefferstreuer noch einmal in die Hand und klopft ihn ungläubig auf den Tisch. „Na klar, virtuell ist eben nur virtuell."

Gleich am nächsten Morgen schreibt Dirk eine E-Mail an Herrn Greiner, mit der Bitte, ihm die zugesagten Fotos zu schicken. Als er mittags sein Postfach öffnen will, hat er schon beim Start des Rechners eine Gänsehaut. Seine Gefühle pendeln verwirrend hin und her. Mal ist es wie zu

Weihnachten vor der Bescherung und dann fühlt er sich wie vor einem Sprung in eine Schlangengrube. Zunächst überwog die Vorfreude und die Hoffnung, dass Stefan Greiner sein Wort halten würde.

Aber jetzt, als er die fett gedruckte Zeile im Eingangsordner mit dem Absender SGreiner und einem Anhang sieht, ist die Schlangengrube das eindeutig stärkere Gefühl. Er klickt doppelt auf das erste Bild des Anhangs, aber die Zeile wird nur dunkelblau hinterlegt. Dirk hat schon lange keinen Doppelklick mehr zu langsam ausgeführt. Seine Gänsehaut wird stärker.

Es ist am Computer leider nicht möglich, das Bild langsam und nur ein wenig zu öffnen. Eine Schatztruhe könnte man vorsichtig einen winzigen Spalt öffnen, aber nicht diese E-Mail. Er überlegt, warum er sie überhaupt öffnen sollte. Es war sein Ziel, sie zu bekommen. Für seine Genugtuung genügt die Existenz der Information. Er klickt den blauen Balken noch einmal vorsichtig an, so wie man einen gespannten Revolver vorsichtig wieder sichert, und entfernt so die Markierung. Er fühlt seine Hände zittern. Nicht stark, nur ganz leicht, aber der Versuch, sie ruhig zu halten, erzeugt nur ein Frösteln im ganzen Körper. Etwas in ihm, das stärker als sein Verstand ist, will ihn warnen.

Dirk steht vom Stuhl auf und geht in die Küche. Er nimmt die Kaffeekanne mit fast ruppigen Bewegungen aus der Maschine, trotzig wie ein Schuljunge, dem man diese Aufgabe gegen seinen Willen aufgetragen hat. Eva hat bis eben im Wohnzimmer gesessen und gelesen. Durch die Aktivitäten in der Küche angetrieben, steht sie auf und kommt am Rechner vorbei.

„Ih … was guckst du dir denn für ekligen Kram an, das ist ja widerlich.“

Dirk kommt aus der Küche gerannt, weil er sofort weiß, was geschehen ist. Im Vorbeigehen hat sie mehr in Gedanken als aus Überlegung oder Neugierde den Anhang der noch offenen Mail geöffnet.

Dirk bleibt vor dem Computer stehen und starrt auf das Bild. Das Zittern seiner Hände ist weg, aber auch alle andere Bewegung ist aus seinem Körper verschwunden. Er atmet nicht mehr, sein Herz fühlt er auch nicht. Er versucht, die Augen zu schließen, um dem Anblick der Grafik auszuweichen, aber sie funktionieren nicht. Sein ganzer Körper ist wie versteinert, aber seine Gedanken funktionieren noch. Seine Augen starren auf den Monitor, unfähig, sich dem Anblick zu entziehen.

Eva sieht sich das Bild an, dann schließt sie den eben geöffneten Anhang. Dirk klappert mit den Augen, als sei ihm eine Fliege hineingeflogen. Dabei atmet er hechelnd auf, wie jemand, der im letzten Moment die Straßenbahn bekommen hat.

Sie sieht ihn an und sagt: „Du findest es ja selbst eklig, gib's zu."

Dirk geht ohne Antwort ins Wohnzimmer und setzt sich auf das Sofa. Er fühlt sich sonderbar. Er presst sein Gesicht auf eines der bunten Sofakissen. Eva liest nun auch das Anschreiben der E-Mail, jetzt mehr aus Neugierde und von der Überlegung geleitet, dass es etwas mit diesen Bildern auf sich haben muss.

> Hallo, Herr Friesen,
>
> anbei wie versprochen die Bilder aus der Klinik.
>
> Gruß, Stefan Greiner

„Wer ist Stefan Greiner?", ruft sie, während sich Dirk noch in den Kissen versteckt. Sie erinnert sich dunkel an die Artikel in den Zeitungen, dass Dr. Grothe und Prof. Flemming wieder in einen Skandal verwickelt sind.

Sie setzt sich zu ihm ins Wohnzimmer. „Ist alles in Ordnung, Dirk?“

„Ja, alles okay“, sagt er gedämpft ins Kissen, aber nichts ist in Ordnung. Dirk möchte aufschreien, aber sein Verstand befiehlt ihm, ruhig zu bleiben. Dirk ist sofort klar, was Schreckliches passiert ist. Mit viel innerer Kraft hält er Tränen, Schreie und Erbrechen zurück und erhebt sich langsam aus dem Kissen.

Er zuckt zusammen, aber er schaut trotzdem vorsichtig weiter an Eva hoch. Ihr Gesicht sieht aus wie ein Mutant aus einem der niveaulosen Gruselfilme, die nachts auf den primitiven Privatsendern laufen. Ihre Augen liegen in offenem Fleisch, in den mit Blut angefüllten Augenhöhlen, und auf den Augäpfeln sitzen akkurat die RGB-Linsen, an denen etwa 10-cm-Kabel hängen. Genauso lang, wie noch auf dem Foto zu sehen war. In das offene Fleisch ihrer Wangen gehen, kunstvoll verlegt, zwei Netzwerkleitungen zu den Hauptnerven.

Sie erschrickt darüber, wie entgeistert er sie anstarrt, und fragt noch mal: „Alles okay?“

„Eva“, stottert er, „ich glaube, ich habe Scheiße gebaut.“

Eva läuft ein kalter Schauer über den Rücken. „Was ist denn los?“, will sie wissen.

Aber Dirk antwortet ihr nicht. Er sieht sie nur weiter an, wie das Blut über ihr Gesicht läuft, ohne jedoch auf den Fußboden zu tropfen.

Er kann seiner Frau doch nicht sagen, dass sie für ihn ab heute wie ein Monster aussieht.

„Wer hat das Bild gemacht? Was für Scheiße hast du gebaut? Soll das etwa Kunst sein?“

Dirk sammelt seine Gedanken und spricht, so ruhig er nur kann: „Ich glaube, ich habe gar keinen Kaffee im Filter.“

„Wie bitte?“

So wie der Anblick einer Wunde mit der Zeit an Schrecken verliert, gelingt es Dirk jetzt, in ihr widerliches Gesicht zu sehen und dabei trotzdem wieder relativ normal zu reden.

„Ich war doch gerade beim Kaffeekochen, aber ohne Pulver im Filter wird das nichts.“

Er steht auf und geht wie selbstverständlich in die Küche, um die angefangene Arbeit zu beenden. In der Küche angekommen, stützt er sich mit beiden Händen auf die Arbeitsplatte und atmet erst ein paarmal tief durch.

Das Telefon klingelt, Eva geht an den Apparat und nach ein paar Sätzen, die er nur bruchstückhaft versteht, ruft sie: „Dirk, für dich! Werner.“

Er nimmt den Hörer. „Was ist denn bei euch passiert?“ Evas Misstrauen ist nun vollständig geweckt, und sie macht nicht den Eindruck, ihn bei dem Telefonat allein lassen zu wollen. Für so eine Situation haben Dirk und Werner vorgesorgt.

„Ja, im Birkenwald habe ich das neulich auch gesehen“, sagt Dirk. Sie haben verabredet, wenn einer vom Birkenwald redet, egal wie wirr es aus dem Zusammenhang geschieht, dann bedeutet es, dass ein großes Problem aufgetreten ist, aber man nicht darüber sprechen kann.

„Ich bin in etwa zehn Minuten da“, sagt Werner und legt auf. „Bitte frag nicht“, sagt er zu seinem Monster und verlässt das Haus.

Auf dem Weg zum Rathausplatz kommt ihm sein Freund entgegen. „Sag mal, wolltest du dich umbringen?“, fragt dieser ohne eine vorherige Begrüßung.

„Weißt du denn überhaupt, was passiert ist?“, erkundigt sich Dirk.

„Das Gleiche wie bei dem Ziegler damals. Gut, dass ich dafür ein Abfangprogramm geschrieben habe. Dein Profil war jedenfalls für genau 15 Sekunden gesperrt. Wie hast du das denn gemacht?“

„Ich habe endlich Bilder von unseren Köpfen bekommen …“

„Und du hast dir dein Bild angesehen?“

Werner schimpft regelrecht mit seinem ehemaligen Kollegen, der ihm selbst erklärt hat, was das Tun für Auswirkungen haben würde. Er sieht ihn kopfschüttelnd an.

„Von wem hast du denn das Bild bekommen?“ Werners Ton ist jetzt wieder sachlich.

„Das habe ich versprochen, nicht zu verraten“, sagt Dirk mit einem leicht heroischen Unterton und bekommt dafür einen Blick zur Antwort, der fragt, ob er wirklich Geheimnisse vor demjenigen haben möchte, der alle Ereignisse des Cyberraum auswerten kann.

„Von einem Journalisten“, sagt Dirk ohne ein weiteres Wort von Werner. „Aber weißt du, es ist eigentlich etwas viel Schlimmeres passiert.“ Er nimmt Werners Unterarm und hält ihn mit beiden Händen fest, als suche er krampfhaft einen Halt, bevor er weiterreden kann. „Ich dachte beim Anblick, es wäre ein Bild von Eva und BCV macht jetzt ein Monster aus ihr. Kannst du das gerade richten?“

Werner nimmt, während Dirk noch redet, erschrocken die Hände vor sein Gesicht, sodass kurzzeitig der Eindruck entsteht, er würde sich von Dirks Umklammerung losreißen. „Mann, Mann, Mann …“, sagt er langsam in seine hohl klingenden Handflächen, hinter denen er beim Nachdenken versteckt bleibt. Nach einem Moment nimmt er die Hände wieder runter. „Da kann ich nichts programmieren, es ist in deinem Kopf. Das Bild hat sich für 15 Sekunden in dein Wissen eingebrannt.“

„Dann hinterlege Evas Aussehen doch in ihrem Datenprofil. Dann gebraucht das System die BCV-Daten doch nicht.“

Werner zieht nachdenklich die Lippen zusammen und schüttelt den Kopf. „Es findet aber immer noch ein Abgleich statt. Du weißt doch noch, wie neuronale Netze funktionieren, oder willst du mit einer Zeichentrickpuppe verheiratet sein? Ist der Anblick denn wirklich so schlimm?“

„Schlimmer!“, sagt Dirk und fügt hinzu: „Bitte hilf mir!“

„Wenn du nicht mehr sauer auf mich bist, dass ich dir die Fotos nicht selbst geschickt habe, kann ich alle Bilder der Klinik aus der Ereignisdatenbank löschen.“

Dirk sieht beschämt auf den Boden. „Jetzt weiß ich auch, dass du mit den Fotos recht hattest, und sauer war ich deswegen übrigens nie auf dich. Ich wollte sie nur unbedingt haben, ich hatte es mir so sehr in den Kopf gesetzt. Wenn du das widerliche Bild wieder löschen kannst, bin ich dir auf ewig dankbar.“

Beschwichtigend legt Werner ihm die Hand auf die Schulter und sagt: „Schon gut. Ich geh dann jetzt mal. Aber ich kann nur die Monsterbilder aus den Ereignisdaten löschen, versuche du das Bild aus deinem Kopf loszuwerden. Apropos Ereignisdaten löschen: Weißt du, dass ich durch deinen Zeitungsartikel Post vom Finanzamt bekommen habe?“

Dirk versteht nicht ganz und fragt nach: „Wieso vom Finanzamt?“

„Ach, lass uns da ein andermal drüber reden, erst einmal löschen wir zur Abwechslung Monster. Ich habe nämlich jetzt wenig Zeit, nachher holt Angelika mich ab.“

Werner und Dirk verabschieden sich. Sie sehen sich dabei kurz, aber mit einer Intensität in die Augen, wie es nur wirkliche Freunde tun. Dabei geben sie sich die Hand und

Werner legt Dirk für wenige Sekunden wie tröstend die Hand auf die Schulter.

Während Werner eilig den Rückweg antritt, setzt sich Dirk nur langsam in Bewegung. Es ist die erste Adventwoche, die ganze Stadt ist feierlich und schön beleuchtet. Es riecht nach Glühwein und er sehnt sich nach seinem gemütlichen Hause. Aber er spürt wieder das Zittern seiner Glieder bei dem Gedanken an Evas neue Erscheinung, und so entschließt er sich, seine Schwiegereltern zu besuchen.

Er kauft ein Päckchen Weihnachtsgebäck und benutzt als Vorwand für seinen Besuch, dass er sein Lieblingsfoto von Eva aus der Brieftasche verloren hat. Er würde gerne in ihren Alben einmal nach dem gleichen Bild suchen und sich eine Kopie machen. So saß er noch mindestens zwei Stunden mit seiner Schwiegermutter und sah Fotos und alte Erinnerungen an.

Zu Dirks großer Freude hatte Eva auf allen Fotos ihr liebes und ihm vertrautes Gesicht. Trotzdem peinigte das Gespenst des Nachmittags die ganze Zeit über sein Gemüt, weil es in Form angstvoller Gedanken immer noch versuchte, Besitz von ihm zu ergreifen.

Als er nach Hause kommt, wartet er noch einen Moment vor der Haustür, bevor er sie öffnet. Eva hat einen kleinen, weihnachtlich geschmückten Kranz an die Tür gehängt, aus dem ihn kleine Strohengel und rote künstliche Äpfel anlachen. Dirk hat das Bild seiner schönen Eva von den Fotos vor Augen, die er jetzt hinter dieser Tür erwartet. Aber so wie ein Postbote den schnellen Lauf zum Briefkasten erst dann antritt, wenn der bissige Hund weit genug entfernt ist, versucht er das Monster in seinem Kopf noch weiter hinter den Fotografien aus dem Album zu verstecken.

„Hast du deinen Schlüssel vergessen?“

Von innen öffnet Eva die Tür und steht in gewohnter Schönheit vor ihm. Er nimmt sie in den Arm und küsst sie.

Er umfasst ihren Körper und hebt sie etwas in die Höhe, sodass er sich mit ihr im Kreis drehen kann. Dirk feiert ein Wiedersehen, als hätten sie sich eine Ewigkeit nicht gesehen.

Eigentlich ist Eva ziemlich sauer auf ihn, weil er Kaffee gekocht hatte und dann einfach so gegangen war. Aber an diesem Abend lässt Dirk keinen Spielraum für einen Streit.

Überhaupt hat er seit diesem Tag viel mehr als früher das Verlangen, ihren Körper anzusehen, sie zu berühren und zu fühlen. Er hat durch das grauenvolle Erlebnis gelernt, dass jedes Ding in unserer Welt von Engelhaftem und vom Widersacher durchlebt wird und es an uns ist, den Dingen die gewünschte Gestalt und Form zu geben. Er weiß, dass das Monster noch da ist, genauso real wie alles andere im Leben. Aber er hat die Gewissheit, dass man mit jedem Blick und jedem Gedanken die eine oder die andere Seite stärkt. Wenn man diese Tatsache einmal verstanden hat, dann kann die eigene Anstrengung, die Engel in der Welt zu suchen, niemals mehr ruhen.

* * *

„Was ist denn das für ein Bild?“

Gabriele steht neben Werners Schreibtisch und nimmt den farbigen Ausdruck in die Hand, der beim Hereinkommen ihr Interesse geweckt hat.

„Gib her!“

Werner nimmt ihr, nicht unfreundlich, aber bestimmt, das Blatt wieder aus der Hand und legt es an seinen Platz zurück. Gabriele bemerkt an seiner Reaktion, dass es mehr als nur die Hardcopy zu einer normalen Auswertung zu sein scheint. Er schaut Gabriele mit einem Gesichtsausdruck an, den sie noch nie an ihm gesehen hat. Sie sieht in ihm einen Jungen, der aus irgendeinem Grund mit den Tränen kämpft, aber zu stolz ist, es jemandem zu zeigen.

„Ich wollte dir nur einen guten Rutsch wünschen. Ich mache jetzt Feierabend. Wir sehen uns erst nächstes Jahr wieder.“

Werner ist von seinem Stuhl aufgestanden und gibt Gabriele die Hand. „Dir auch alles Gute, hattest du schöne Weihnachten?“ Auch bei dieser Frage wirkt ihr Werner sonderbar fremd und ernst.

„Ja, ja. Ruhig und gemütlich. Eben alle Jahre wieder.“ Sie kneift dabei zu seiner Aufmunterung die Augen einmal fest zusammen und verlässt kurze Zeit später das Institut.

Als Werner alleine ist, nimmt er wieder die Hardcopy in die Hand und versinkt bei ihrem Anblick in seinem Stuhl. Im Schutz des jetzt einsamen Labors lässt Werner es geschehen, dass sein Herz die Augen mit Tränen anfüllt, bis der erste Tropfen unter der Brille herunterkullert.

Dirk und Eva waren im Weihnachtsschauspiel und Werner studiert die dazugehörende Auswertung. Auf der Bühne saß die schwangere schlafende Maria und hinter ihr stand in hellem Gewand der Engel, umhüllt von einem seidenen, durchsichtigen Schleier. Die Geburt des Jesus wurde dargestellt, indem der Engel einen Stern, der an einem dünnen Stab gehalten wurde, über Maria niedersinken ließ, während Maria ihre Arme langsam ausbreitete, bis sich die Fingerspitzen an den wie ein O geformten Armen über ihrem Kopf berührten.

Der Engel hob den Stern langsam wieder empor und Maria führte ihre Hände in den Schoß, um dort das empfangene Gotteskind zu wiegen. Ein Engelchor sang dabei im Hintergrund das Lied „Es ist ein Ros entsprungen“.

Werner wurde auf diese Auswertung aufmerksam, weil hier das Programm abgerufen wurde, das einem Embryo den Mutterleib vorrechnet. Dirk hatte bei der ganzen Szene gar nicht auf die Bühne gesehen. Er sah nur Eva neben sich an, in der sich der Engel und Maria auf sonderbare Weise vereinten. Dirk fühlte seinen Körper wie im Mutterleib, und während Maria auf der Bühne mit den Armen die ganze Welt zur Rettung in sich aufnahm, leerte sich Dirks Wahrnehmung und die Menschen um ihn herum verschwanden. Er sah nur noch Eva, umstrahlt von einem so himmlischen Glanz, dass Werner nicht umhinkonnte, dieses Bild auf dem teuren Fotopapier auszudrucken.

Er weint jetzt bei der Erinnerung an das eigene Krippenspiel, das er mit Angelika in ihrer Kirche besucht hat. Zwischen schniefenden, gelangweilten Kirchenbesuchern spielten Maria und Josef die Ankunft des Herrn vor einem auf ein Bettlaken geschmierten Stall, während sich der Pastor ganz unauffällig einen Popel aus der Nase pulte und zwei Kinder hinter ihm tuschelten, ob sie wohl eine Playstation bekommen werden. Werner nimmt den Telefonhörer und ruft Dirk an.

* * *

„Hallo Werner!“ Eva klingt gut gelaunt und vergnügt, als sie das Gespräch auf der anderen Seite entgegennimmt. Sie plaudert eine Weile mit ihm und fragt dann: „Möchtest du Dirk auch noch mal sprechen?“

„Na klar doch, gib ihn mir bitte …“

Sie winkt ihren Mann zu sich heran und gibt ihm den Hörer.

„Na, altes Haus, wie war dein Weihnachten?“ Dirk scheint die gute Laune von Eva noch überbieten zu wollen.

Werner versucht sich von seinen Freunden anstecken zu lassen und antwortet zufriedener, als sein echtes Gefühl verlangt hätte: „Na ja, das erste Mal mit Angelika, es war ganz nett. Ihr wart im Weihnachtstheater? Wie war’s?“

Dirk erzählt, was er alles mit Eva erlebt hat, und Werner, der ihre Auswertung kennt, wundert sich, dass Dirk gar nicht bewusst wahrgenommen hat, welche göttliche Offenbarung ihm zuteil geworden ist. Ihn hätten die Scheinwerfer ziemlich geblendet, sagt er, aber trotzdem sei das Stück sehr schön gewesen.

Das neue Jahr ist nun schon fast zwei Monate alt, und Dirk wundert sich, weil er Werner seit mehr als zwei Wochen nicht erreichen kann und auch die E-Mails unbeantwortet bleiben. Als er seine Sorgen nicht mehr zügeln kann, ruft er Angelika von Klausen an und ist fassungslos, was mit Werner geschehen ist.

* * *

Werner Löb sitzt auf der Anklagebank. Als er vor vier Monaten das erste Schreiben von der Finanzbehörde bekam, da hielt er es noch für einen Scherz. Er hatte auch in der Illustrierten den Artikel von Stefan Greiner gelesen, in dem er über die Schwierigkeiten schrieb, die Dirk mit dem virtuellen Finanzamt hatte.

Es war zu lesen, dass Werner L., sein ehemaliger Kollege, den virtuellen Bescheid einfach gelöscht habe, und wie angenehm das Leben seitdem im Cyberraum ist. Über die paradiesischen Zustände ohne Hausierer und eine Welt, in der die Menschen ihre Aufgabe haben und glücklich sind. Und nun saß Werner dafür bereits seit zwei Wochen in Untersuchungshaft.

Die Finanzgesetze sind auch im Cyberraum gültig, argumentierte der Sachbearbeiter, und damit sei der Eingriff von Herrn Löb ein Akt der Steuerhinterziehung gewesen. Als Werner sich bei dem zuständigen Sachbearbeiter über diesen Standpunkt aufregte und ihm ins Gesicht sagte, dass er ihm gar nichts könne, wurde er wegen angeblicher Verdunkelungsgefahr kurzerhand in Untersuchungshaft genommen.

Sein Rechtsanwalt sitzt jetzt neben Werner und beruhigt ihn. „Ihr Freispruch ist absolut sicher, es ist eine reine Formsache. Ansonsten müsste doch jeder, der mit einem

Computerspiel auf dem Bildschirm einen Menschen erschießt, dafür wegen Mordes vor Gericht gestellt werden.“ Er legt seinem Mandanten überheblich die Hand auf den Oberarm und sagt: „Keine Sorge, Herr Löb, ich mache das schon für Sie.“

Werner fühlt sich in der Szene sonderbar fremd, er reagiert kaum auf die Ansprache seines Anwaltes. Seine kleine Nickelbrille scheint längere Zeit nicht geputzt worden zu sein, jedenfalls schafft sie es heute nicht, seinem Gesicht den sonst so schelmischen Ausdruck zu verleihen. Er sieht eher müde aus.

Werner hätte es nicht für möglich gehalten, wie eng sich das Leben anfühlt, wenn man, in einer Gefängniszelle eingesperrt, die Tage an sich vorbeiziehen lassen muss. Selbst wenn er gleich freigesprochen wird, hat er trotzdem in seiner Seele einen tiefen Hass gegen all die Menschen angestaut, die dumm und eitel sind, aber Gesetze und Strukturen erschaffen dürfen, mit denen sie andere Menschen in ihre Gewalt bringen.

Es ist keine körperliche Gewalt, sondern es ist die subtile Macht, die eine Gesellschaft in ganz kleinen Schritten aufbaut, getragen von der Angst jedes Einzelnen, nicht aus dem Rahmen fallen zu wollen. Auch wenn jedes einzelne Gesetz mit dem guten Vorsatz erlassen wurde, der Menschheit damit Gutes zu tun, so scheint es doch ein unerforschtes Naturgesetz zu sein, dass alles irgendwann in sein Gegenteil umschlägt, wenn es zu beharrlich angewendet wird.

Werner sieht auf der Zuschauerbank, dass Gabriele und Angelika gekommen sind. Angelika hat sich die letzten zwei Wochen sehr für ihn eingesetzt. Sie hat den heutigen Termin vermutlich mehr erwirkt als der Anwalt, der neben ihm sitzt. Seine Miene hellt sich bei ihrem Anblick etwas auf, er winkt ihr zaghaft zu. Ein Gerichtsdiener bittet den Sachbearbeiter vom Finanzamt aus dem Saal, weil er als Zeuge vor der Tür warten muss.

Werner empfindet keine Wut gegen diesen Menschen, obwohl er ihn in diese missliche Situation gebracht hat. Aus dem Blickwinkel einer Behörde, die alle Menschen wie Feinde behandeln muss, ist er eben ein Straftäter. Sein Groll regt sich gegen die insgesamt falsche Welt, in der er leben muss, gegen die Schöpfung, die solche Strukturen zulässt.

Auch wenn er das Gefängnis heute wieder verlassen darf, wird sein Leben nicht mehr das alte sein. Im Gefängnis fing er an, Dirk und Eva zu beneiden, weil sie in einer Welt leben dürfen, die hauptsächlich aus ihren guten Gedanken gebildet wird. An einem Ort, an dem er mit Gewalt festgehalten wurde und an dem alle Mitbewohner Brutalität und Gemeinheit ausstrahlten, fing Werner an, sich dahin zu sehnen, wo die Liebe, wie Eva und Dirk sie füreinander empfinden, die Pfeiler der Welt bilden.

Der Richter betritt den Gerichtssaal und zwei Stunden später ist Werner Löb rechtskräftig verurteilt. Weil das Gehirn von Dirk lebt, hinkt der Vergleich mit dem Computerspiel, heißt es in der Urteilsbegründung. Eine Welt, die vorgibt, echt zu sein, muss sich auch an die Finanzgesetze halten.

Werners Anwalt führte noch an, dass es sich doch nur um einen virtuellen Bescheid von einem virtuellen Finanzamt gehandelt habe. Aber dazu heißt es in der Urteilsbegründung, dass das ganze Geldsystem einer zivilisierten Gesellschaft, seitdem die Menschen nicht mehr direkt mit Gold bezahlen, einem virtuellen Cyberraum gleicht.

Jeder Aktienkurs wird mithilfe von Prognose-Tools in eine noch virtuelle Welt von Möglichkeiten und Erwartungen hinein gerechnet, um letztlich virtuelle Gewinne zu erzielen. Würde man das ganze Geld eines Aktienindexes im Computer löschen, würde damit kein Lkw vom Hof einer Firma gelöscht und alle Mitarbeiter säßen noch in ihren Büros. Trotzdem darf man dieses virtuelle Geld zum Beispiel nicht stehlen.

Werner nickt auf die Frage, ob er das Urteil akzeptiere, weil er nur dann auf Bewährung heute wieder auf freien Fuß gesetzt wird. Er ärgert sich, wie selbstverständlich sein Anwalt den Schuldspruch nimmt. „Das war wohl nichts mit 'reine Formsache'", sagt Werner spöttisch zu ihm. Aber dieser antwortet nur gleichgültig und eingeübt: „Wir Anwälte vertreten das Recht, aber wir bauen es nicht auf Wunsch neu. Ich habe vorher nur eine Vermutung geäußert. Kein Mensch hat das Anrecht auf einen Freispruch, sonst bräuchten wir keine Gerichte."

„Und so brauchen wir keine Anwälte", denkt Werner bei sich, aber er spricht es nicht aus. Er hat keine Lust, die nächste sinnlose Debatte zu führen.

Vom Gericht fährt Werner mit Angelika nach Hause. Sie haben zwar jeder noch ihre eigene Wohnung, aber faktisch wohnen sie zusammen.

„Ich hab keine Lust mehr", sagt Werner, als er auf dem Fernsehsessel in ihrem Wohnzimmer Platz genommen hat.

„Worauf hast du keine Lust?"

„Ich weiß nicht, wenn man im Leben eine Aufgabe und ein Ziel hat, dann bemerkt man vielleicht nur nicht, wie verlogen oder dumm die Menschen um einen herum sind. Aber wenn man von einem Punkt der Ruhe und der Distanz das verrückte Treiben um sich herum gesehen hat, dann fällt es schwer, an seinen Platz zurückzugehen und weiterzumachen, als ob nichts gewesen wäre."

„Nun freue dich doch erst einmal, dass du aus dem Gefängnis heraus bist." Sie bleibt vor seinem Sessel stehen und stützt sich mit ihren Händen auf seine Oberschenkel, dass sich ihre Nasen fast berühren. „Du darfst heute wieder bei mir im Bett schlafen. Das verrückte Treiben genießen."

Sie zwinkert ihm verführerisch zu und scheint ihren Spaß daran zu haben, den Sinn seiner Worte zu verdrehen. Dann gibt sie ihm einen schnellen Kuss und nimmt den unterbrochenen Weg durchs Wohnzimmer wieder auf.

„Ich würde gerne, wie Dirk und Eva, in den Cyberraum umziehen“, sagt Werner ernst. „Willst du nicht mitkommen?“

Angelika dreht sich zu Werner um, als müsse sie erst prüfen, wie seine Aussage gemeint war. Weil sie hinter ihm am Bücherregal steht, kann sie aber sein Gesicht nicht sehen.

„Ich kann dir die Stelle von Alexander Schröder anbieten, der ist, glaube ich, jetzt echt am Ende.“

„Du bist gemein.“

Werner dreht sich erschrocken zu ihr um. Er hat vorher gar nicht nachgedacht, wie sie auf seinen Satz reagieren würde. Er hat einfach seine einsamen Gedanken aus dem Gefängnis weitergedacht und nun in ihrer Nähe ausgesprochen.

Es waren Gedanken der Zuneigung, die er für seine Freunde empfindet. Es war die Hoffnung, dass es neben der Hölle, in die er zwei Wochen gesperrt wurde, doch irgendwo noch ein Paradies geben muss. Aber die Erinnerung an Alex nimmt dem Ganzen jetzt die rosarote Färbung. Wie ein Schlafender, der aus seinem Traum erwacht, fängt er an, sich nun doch für diese Welt zu interessieren.

„Was machst du da eigentlich?“

„Nichts Besonderes, alles mal ein bisschen sortieren. Soll ich aufhören?“

„Nein, nein, schon gut.“

Werner dreht sich wieder zum Fernseher zurück, der die ganze Zeit läuft, aber ohne Ton. Er hat wirklich lange nicht mehr an Alexander Schröder gedacht. Für ihn ist die Cyberwelt sicher nicht zum Paradies geworden. Im Fernseher rasen zwei Autos durch die Straßen einer Großstadt. Hinter jedem Fenster der Straße könnte ein Alexander wohnen, der unbeachtet vom Rest der Welt durch das Leben zugrunde gerichtet wird. Im Film interessieren sich alle nur für die Handlung, die Statisten sind dem Publikum egal.

Werner entlastet sein Gewissen mit dem Gedanken, denn im Fernsehfilm gibt es hinter den Fenstern gar keine Realität. Es erleichtert ihn, wie einfach und eindimensional diese Filmwelt ist.

Aber der Cyberraum ist nicht so eindimensional wie ein Film, jeder Moment ist Anfang und Ende. Hat er gegenüber Alex Schuld auf sich geladen?

„Was ist denn mit Alex?“, fragt er, den Kopf erneut zu seiner Freundin gewandt.

„Die letzte Versuchsreihe hat seinem Gehirn massiv geschadet. Gabriele Dohrmann sagt, dass er nur noch im Bett liegt.“

Werner hat bisher erfolgreich jeden Gedanken, der ihm bezüglich Alex ein schlechtes Gewissen machen könnte, verdrängt. Es war für ihn so selbstverständlich, dass er seinen Freund Dirk retten musste, dass ihm dafür jedes Mittel recht war.

Außerdem hat er Alex nichts getan, er hat nur weggesehen. Im Gefängnis erschien ihm die andere Welt wie ein Zufluchtsort, es war die Sonnenseite des Lebens. Aber durch Angelikas Satz fühlt er sich seltsam eng mit Alex’ Schicksal verbunden. Auch sein Leben wurde plötzlich vom Schicksal verbogen, sodass Sonne und Licht nicht mehr auf seinem Weg lagen.

Für die Cyberwelt von Dirk und Eva ist er der Engel, der Schutz und Sicherheit verspricht. Nur Alexander Schröder hat keinen Schutzengel, der ihn beschützt. Werner überlegt, ob ihn sein Schutzengel jetzt auch verlassen hat -- oder ob er schon vor seiner Geburt nicht da war?

Angelika hat ihre Tätigkeit am Bücherregal beendet und kommt zu ihm aufs Sofa. „Willst du wirklich umziehen? Jetzt kommen immer mehr Besucher in den Cyberraum. Andreas und ich überlegen, ob wir das Experiment mit Alex nicht beenden, um den Kanal für einen weiteren Besucher frei zu haben."

Er hört Angelikas Worte und lächelt. Die Menge an Datenleitungen war noch nie knapp, nur die Besucherplätze müssen für jeden weiteren Platz teuer gebaut werden. Werner kennt Dr. Grothe und Angelika gut genug, um zu wissen, welche Sorte von Besuchern gemeint ist.

Sie hat also mit dem Doktor schon beschlossen, dass ein neues Gehirn an den Computer angeschlossen werden soll. Die beiden haben bestimmt schon überlegt, woher man einen geeigneten Patienten bekommt. Er sieht Angelika an, in welcher Welt sie ihn wohl lieber hätte. Liebt sie ihn?

Angelika ist die Sorte Frau, die ihrer Karriere nichts anderes vorziehen würde. Vermutlich hat er sie mit seinem Wunsch jetzt auf eine ganz neue Idee gebracht. Aber es wird für den Auserwählten sicher nicht der Weg ins Paradies werden.

„Was meinst du", fragt sie, „sollten wir Alex weiter am System behalten?"

„Von mir aus nicht, verwertbare Daten liefert er in seinem Zustand vermutlich sowieso nicht mehr."